倉本 聰
聞き手 碓井広義

脚本力

GS
幻冬舎新書
666

はじめに

『北の国から』や『前略おふくろ様』など、多くの人の心に残る名作を生み出してきた脚本家、倉本聰。80歳を過ぎて『やすらぎの郷』や『やすらぎの刻《とき》〜道』を手掛けただけでなく、87歳になった現在も毎日、原稿用紙に向かっていることに驚かされる。

なぜ60年以上も書き続けられるのか。また倉本をそうさせる、シナリオ＝脚本とは一体何なのか。それが知りたい。いや、正しく言えば、シナリオを梃子《てこ》にして、倉本がこれまで「創造」を巡って考えてきたこと、今思っていることを可能な限り聞いておきたい。この本はそんな乱暴な望みから生まれた。

本書の構成は、シナリオ作成の流れに沿っている。だが、いわゆる教科書ではない。またシナリオ作家になるためのハウツー本とも異なる。ゼロから何かを「創ること」を続けてきた倉本の経験・知識・知恵、さらに思想や哲学なども含む総体を「脚本力《きゃくほんりき》」と名付け、その一端に触れようとする〝試み〟の一冊だ。

その上で、どうしても実現したいことがあった。それは、この本のために「新作ドラマ」を書いてもらうことである。企画から始まり、シナリオの形になるまでのプロセスを、読者と共有したかったのだ。もちろん、無理は承知だった。放送の予定や見込みがあるわけではない。それなのに本物の新作を依頼するのだ。本来、無茶な話だった。

しかし率直に相談すると、「面白いね。やってみようか」と快諾を得た。しかも、「たとえば、こんな話、どうかな？」といくつかの案を提示してくれたのだ。常に新たな作品のことを考えている倉本だからこそできることであり、いずれも魅力的な企画だった。

最終的に書くことを決めたのが、本書に収めた『火曜日のオペラ』だ。企画書、全7話のシノプシス（粗筋）、そして第1話のシナリオなどを、そのままの形で初公開している。1本のシナリオがいかにして出来上がっていくのか。脚本家自身がその過程を見せてくれる、貴重な機会となった。

では、「脚本力」という名の倉本ワールドへと進み、87歳の現役脚本家が語る言葉に、じっくりと耳を傾けていただきたい。

碓井広義

脚本力／目次

第4章 ドラマは化学反応である ——人物と背景 97

DTP　美創

序章

脚本家「倉本聰」が出来るまで

後に脚本家・倉本聰となる、山谷《やまや》馨《かおる》が生まれたのは１９３５年（昭和10年）のことだ。麻布中学・高校を経て東京大学文学部美学科卒業。59年、ラジオのニッポン放送に入社する。在職中から「倉本聰」のペンネームでシナリオを書いていたが、63年に退社して独立。以後、60年にわたってシナリオ作家としての活動を続けてきた。本章では、倉本聰がまだ倉本聰ではなかった時代の話を聞いてみたい。

若き日の映画体験

初めて倉本に会ったのは、『波の盆』（83年、主演・笠智衆、監督・実相寺昭雄、制作・テレビマンユニオン、日本テレビ系）の制作現場だ。当時の倉本は大車輪で仕事をしている40代後半だった。そのはるか以前、若き日の倉本はどんな青年だったのか？

浪人から大学生にかけて、新宿で映画ばかり観てましたね。たとえば、ジュリアン・デュヴィヴィエの『望郷』（37年）とか、フランス映画が多かった。帝都座って知らないかな。伊勢丹の前に日活の映画館があって、その5階に名画座があったんです。そこでフランスの名画をやっててね、観るたびに興奮するわけだよ。そうすると、じっとしてられなくて、家まで歩いちゃう。家は西荻窪だったんだけど、とにかく歩いた。

今でも覚えてるけど、『肉体の悪魔』（47年）なんて最高に感動した。レーモン・ラディゲの長編小説が原作の映画でね。そのときは家のある西荻窪を通り越しちゃった。でも、何々の映画は東中野までだったとか、そういう記憶があるね。

浪人時代から、すごく無頼な生活を送ってたわけ。西口にまだ闇市があった頃で、国鉄のガードにつながる細い路地にいっぱい店があった。

岐阜屋っていうラーメン屋が仲間内のたまり場でね、集まるとそこから西口の大衆酒場に行く。そうそう、当時の様子を内田《うちだ》吐夢《とむ》が、『たそがれ酒場』（55年）って映画でビビッドに描いてるから観るといいですよ。大衆酒場が舞台で、そこに集まる連中の人間模様を群像劇に仕立てていた。

麻布中学の校友誌に小説を書いていた早熟な少年が、総合芸術である映画にのめり込む青年になった。しかも映画の余韻をエネルギーに、ひたすら歩く若者。その距離で感動の深さが分かるというのが、どこか微笑《ほほえ》ましい。

脚本家志望

僕ら仲間5、6人で安い酒場に行く。カストリをね、受け皿の上にコップ置いて、受け皿の分から先に飲む。これ1杯10円なんだけどさ、飲んだら鼻をつまんで首振るわけ。そうすると酔いが回るのが早いんだ。金がないからさ。

当時、トリスバーってのがあちこちに出来て、それを探して走り回った。見つけたら、みんなで飛び込む。注いでもらったら乾杯して、鼻つまんで飲み込んで、首振って、酔っぱらって、また次の店。それを10軒ぐらい繰り返す。大体5、6軒でみんな脱落していくんだけど、友達で強いのがいて、そいつと2人で残ることが多かった。

新宿大映というのが、かつてのアートシアターの辺りにあったんだけど、伊勢丹の向こう側。ある夜、その裏のバーに駆け込んで、例の方式で飲んでたの。

そしたらね、バーテンダーが「お前ら、何やってんだ」って訊いてきた。いや、かくかくしかじかって。「バカだな。お前、何なんだ。学生なのか」と言うから、「浪人です」と答えたら、「こんなことやってて、お前、どこ狙ってんだ」って。「東大です」と。

そしたら、「入れるわけねえじゃねえか」って言われてさ。「まあ、いいや。今日はおごってやる」って、ホワイトホースをくれたんですよ。嬉しくってね、それグッと飲もうとしたら、「そんな飲み方するな。ちびちび飲め」。

で、今度は「お前、将来何になりたいんだ」って。「僕、脚本家になりたいんです」「へぇー、有名になったら俺を使え。実は俺、売れねえ役者なんだ」って（笑）。その後、会ってないけどね。

採録シナリオ

脚本の勉強と称して毎日、映画観て歩くわけでしょ？　健全っちゃ健全だよね（笑）。しかも当時は英会話ブームで、映画館は「採録シナリオ」っていう洋画の会話を和訳したものを置いてたんですよ。でも、これって本来のシナリオじゃない。洋画を観て、日本人が映画から台詞《せりふ》を引き写して作った疑似シナリオなわけ。そのシナリオをもとに映画が作られたんじゃなくて、上映された映画から台詞やアクションを採録して、それを1本のシナリオの形に再編したものだった。

僕、それをもうめちゃくちゃ読んでて、それがものすごく勉強になった。というのはね、出来上がりの形になってるから。音楽が入るタイミングとか、全部書いてある。だから僕、今でも台本に「音楽忍び込む」って書いちゃうでしょ？「間《ま》」とかさ。採録シナリオにはそれも書いてあった。

倉本脚本の原点は採録シナリオだったのだ！

テレビの草創期は、ドラマの台本の書き方って、まだ決まりがなかったんだよ。何書いてもいいって感じだった。当時、映画のシナリオライターは、ほとんどテレビに来なかったからね。電気紙芝居だとか、テレビをバカにして。詩人とか、ちょっとラジオドラマ書いたやつとかがいたくらい。だから、僕ら新人が入れる余地がいくらでもあった。

当時は、キャストやスタッフ何十人がいきなり会って、その日にホン（脚本）読みして、リハーサルして、翌日もリハーサルして、次がカメリハ（カメラリハーサル）で、そのまま本番で生放送でしょ？

そんなのさ、本来簡単にはできないわけだよ。じゃあ、みんなの意思を統一させるにはどうしたらいいかってとき、採録シナリオの形式を思い出した。それなら参加者全員、完成形が見えてくる。

一番分かりやすいよね。だって、これから創るものを考えさせるホン（脚本）じゃなくて、出来上がった完成形を見せて、こういうものを創りたいんだとスタッフに示すホンだから。

それに現場を知らない広告代理店とか、そういう人たちも立ち会う。もう小っちゃいスタジオいっぱいに人が溢《あふ》れるわけで。そんな中で、プロのシナリオを見せたって分かんないよ。それで、書き方を自分で工夫した。

倉本脚本には、「ここで音楽盛り上がってはじける」といった説明が書き込まれている。

その頃も珍しかったかもしれないが、現在も音楽のタイミングまで指定するシナリオは少ない。最近の脚本家は、それは演出家の仕事だと思っているのかもしれない。

だから僕、演出家にずいぶん言われたもの。「お前、それは演出の領域の侵害だ」と。

岡本喜八さんにも「倉本ちゃんの台本は、演出やることないじゃないか」って言われた。そんなことないですよつったんだけどさ（笑）。

ニッポン放送に入社

音楽もそうだが、「音」はドラマの中でとても大事な要素だ。

よかったのはニッポン放送での経験ですね。僕、就職するとき、元々はフジテレビに入りたいと思ってた。開局した年だったから。フジテレビはニッポン放送と文化放送を含む何社かが出資して作ったんですよ。それで、フジとニッポン放送と文化放送が、３社の合同採用試験というのをやった。

３社のマンモス試験というのが、市ケ谷の法政大学の教室を使って行われて、めちゃくちゃな人数が来たな。ＮＨＫのアナウンサーになった下重暁子さんもいた。ＴＢＳを経て、後に碓井さんが参加する「テレビマンユニオン」を作った村木良彦も受けてたと思う。それで、僕はどういうわけか、ニッポン放送。

でも、社内の文芸部にあったボードの名札は、全部ひっくり返されていて、どれも赤字で「CX（フジテレビ）出向」って書いてあった。フジの立ち上げの時期だったから。優れたやつが残ったのか、ダメなやつが残ったのか、ちょっと分かんなかったけどね（笑）。

キャリアとしてはラジオがスタートだったのだ。おかげで、音は倉本脚本の武器となる。

あれは大きかったと思う。ラジオは全部、音だけで創るから。初めてテレビの脚本を書いたとき、現場に行ってみて、なんて音に対して無神経なんだろうと思ったもの。

ラジオドラマの時代

ニッポン放送にいるとき、『永仁の壺《つぼ》異聞』というラジオドラマを演出したんですよ。「永仁の壺」という貴重な文化財が、実は古い物じゃなくて、加藤唐九郎の作品であることがバレた事件です。唐九郎自身も「僕が作った」って告白したしね。それで壺は、重厚なガラスケースから取り出される。

で、外に出された壺がすねちゃう、っていうラジオドラマです。擬人化したわけ。壺が酔っぱらって、上野の山を深夜、カランコロンと下駄履いて下りてきて、町の飲み屋へ行って、「これまでちやほやしてたのに、一体なんだ。加藤唐九郎が作った偽物って言うけど、みんな、昨日までは『美しい』と言ってたじゃないか」って愚痴《ぐち》る。結局、店の親父さんに放り出されて、またガラガラと転がっていく。これを小沢昭一が演じた。

１９６０年（昭和35年）に発覚した古陶器の贋作《がんさく》事件を、倉本はラジオの特性をうまく生かしたドラマにしている。就職の一括採用のとき、フジテレビに行かなくてよかったのだ。

僕はやっぱり、ものすごくラジオに影響されてる。田井洋子さんという放送作家がいてね、『魚紋』というラジオドラマの名作があるんですよ。その中にね、カップルがボートに乗るシーンがあって、その音が美しかった。

ボートってさ、まずオールを落として、水をかいて前へ進む。前へって、実は後ろへ進むんだよね。てことは、オールを水の中に入れて、そして上げるでしょ？　この間にオールから、しずくがチュルチュルチュルって落ちるわけ。それでまたチャポンと水に浸かって、ジューッて漕《こ》いで、またチュルチュルチュルチュル。そんなボートを漕いでる感じを見事に表現していた。聴いてて全部想像できたもんね。

　たとえば、田舎の大きな温泉場の風呂にたった一人で入ってるという状況を、音で作るとしたらどうするか。エコーをかけるわけですよ。風呂場の天井には必ずお湯が溜まる、露みたいに。それが、ポッチャーン、ポッチャーンって、しずくが落ちる。すると、一人で風呂に入ってるという描写になりますよね。

　お客にも映像を作らせてるわけ。ラジオは、テレビみたいに映像をディレクターが作るんじゃなくて、お客さんが自分で映像を作るんですよ。しかも、お客が自分で作る映像は、ディレクターが作る映像より遥かに優れている。だから、ラジオドラマというのは最高の映像芸術だと僕は思ってます。

テレビは不自由

ボートのシーンも温泉も、聴いているだけなのに見えるようだ。受け手の想像力を味方につける演出である。何もかも具体的な映像で見せてしまうテレビが、逆に不自由なものに思えてくる。

思うよね。ニッポン放送時代に、作曲家の山本直純とミキサーと３人で徹夜仕事していて、退屈しちゃってね。当時、エロテープというのがあったんです。アノときの声だけが入ってる代物。今みたいにアダルトビデオなんてないから。

男女の本物の音なんだけど、それをスタジオで聴いてた。そしたら、直純が「これにさ、どういうＢＧＭをかけたら一番、合うと思う？」とか言い出した。「あ、それは面白いね。やってみよう」って、ミキサーと３人でバラバラにレコード室に行って、自分がいいと思うやつを探してきて、かけたわけ。

演歌とか、クラシックとか、シャンソンとか、ジャズとかいっぱいあるでしょ？「これだ！」っていうのがありましたよ。異口《いく》同音にみんなが拍手しちゃったのがあったね。

ベートーヴェンの『荘厳ミサ曲』。これにはしびれた。パイプオルガンか何かでね、♪チャラララ〜ン、チャラララランラン、ワ〜ン！「アヘアヘアヘ」って声が入る。もうこのマッチングがね、すごいんだ。神々しい（笑）。音だけで想像することの楽しさだよね。

自局のラジオドラマを作りながら、他局の作品も書き続けていた倉本。ある日、上司から「最近、倉本聰っていう脚本家が売れてるらしい。お前、会ってこい」と言われる。さすがの倉本も困った。ニッポン放送に辞表を出したのは、それから間もなくのことだ。脚本家・倉本聰の本格的登場である。

第1章 出会い頭が勝負

――企画と発想

脚本家の仕事は、ドラマの設計図とも言うべきシナリオをたった一人で書き上げる、孤独な作業である。しかしドラマ創りそのものは、多くの人が関わる共同作業だ。そして脚本家の共同作業の相手は、制作陣と呼ばれるプロデューサーやディレクターであることが多い。脚本を書き始める前、ドラマ制作のスタートとなる企画段階で、倉本は彼らとどんなやりとりをしているのか。

企画と発想

まず、僕ら脚本家はプロデューサーと話すことが多いよね。プロデューサーから「ちょっと話があるから会おうよ」なんて言われて、喫茶店とかで会う。「実はこういう番組を考えてるんだけど」っていう話になる。

2時間は話すとして——1時間で「もうこの人ダメだ」と思ってお断りする場合もあるけど（笑）——相手の話を聞きながら、すでに僕の頭の中ではね、どう具体化できるか、どんなストーリーになるかってことを考え始めてますよ。

そう。絶対、その場で考える。それで「あ、このストーリーならいけるな」って思えたときは、引き受けようと決める。基本的なストーリーがひらめかないのに引き受けるってことはあり得ない。僕のものじゃない企画は考える必要がないから、即「さよなら」と言って帰ってくる。

逆に、ひらめいたら、必ずその場でプランを作ります。だから翌日にはもう、「昨日の件、ちょっと僕なりに考えたんだけど、こういう話でどうだろう」って、相手に提示することが多いですよ。

創作本能が揺さぶられるようなら受ける。そうでないなら断る。実に明快だ。しかも、その判断がプロデューサーと話している最中に行われ、同時にプランを考え始めていることも面白い。

『北の国から』の誕生

『北の国から』（1981～82年、フジテレビ系）だってそうです。翌日にはストーリーが出来てましたから。僕はね、頭の中で『ロビンソン・クルーソー』を考えてた。ロビンソン・クルーソーが孤島で一人、どうやって暮らしたかというのが発想源です。そのことを思いついて、ここに子どもを1人か2人連れていれば、どういう話になるだろうかって。

子どもだけ連れてくということは、奥さんはどうなってんだ。奥さんは離婚したことにすればいい。じゃあ、離婚した原因は何だろう。奥さんの浮気だ。そういうふうにどんどん話が進んでいくでしょ？

つまりこのロビンソンは、奥さんに浮気されて、自分から島に行っちゃったんだね、子どもを連れて。何もないけど、自分は田舎の出身だから、自然があれば絶対食えるという確信があったわけだ、五郎には。

『アドベンチャー・ファミリー』（75年、米映画）のテレビ版から始まって、当初フジテレビ側からは様々なリクエストがあった。だが、『北の国から』の原点が、よもや『ロビンソン・クルーソー』だとは思わなかった。黒板五郎は富良野のロビンソン・クルーソーだったのだ。登場人物の原像が少しずつ見えてくる。

もう創作の世界に入ってるでしょ？　だから、どこから自分の創作活動に入っていくかと言えば、大体いつもプロデューサーと会ってる最中なんです。

肌の合わないプロデューサーと会ったとき、こっちは頭の中で必死に考えを進めてるのに、「昨日の競馬勝ちました？」とか、そんなことを突然言い出されたりすると、「何だ、こいつ。これは合わないな」ってことでやめちゃう。そのとき考えた企画は、どこかよその局で（笑）。

中には、何も考えないでやって来る人間もいるだろう。倉本聰という名前で何か当たるもの、売れるものを書いてほしいと言うような、安直なプロデューサーだ。

いますよ。大体がね、今のプロデューサーって、最初に役者のことがあるんです。企画よりも先にね。この役者だったら視聴率が何パーセント取れるという、そういう発想が。でも、役者から来られたって困るよね。でも、（高倉）健さん自身から頼まれたときがあって、それが『あにき』（77年、ＴＢＳ系）です。

高倉健主演『あにき』

健さん本人が「あるプロデューサーに会ってほしい」って言うから、「何ですか」と言ったら、「いや、ちょっと僕と親しくて。人間的にはどうか分かりませんけれど」という注釈が付いたけどね。「力はある人なんです。で、テレビドラマをやりたいと。僕はテレビやったことないんですが、できるんですかね」って、そういう相談を受けたわけ。それで、その人と会ったんです。会ったときは僕、もう3ページぐらいの企画書を書いてあった。

もちろん『あにき』の内容まで具体的には書かなかったけど、まず高倉健でテレビドラマをやる場合には、任侠《にんきょう》物の方向で行くのは面白くないと伝えた。

高倉健という人は、すごく喜劇性を持ってる人なんだ。喜劇性のある人物像を作りなさいと。しかも、江戸という東京の前の世界を象徴するような人物設定がいい。「たとえば鳶《とび》の小頭《こがしら》とかはどうでしょう」と提案した。

それと健さんの良さは、彼の上に人を置くと光る。下に置いても光らないんだ。健さんが尊敬していて、その人のためなら命を張るという人を上に置くと、健さんは絶対光りますよ。実際、鳶の小頭の健さんがいて、その上の頭《かしら》が島田正吾、さらにその上に佐野周二を置いたんです。

それはね、鉄則なんですよ。健さんの光り方ってそうなんです。彼の任侠物をよく見てください。信頼する親分が殺《や》られて、そこで立ち上がる。でも、そのとき、別のところで一宿一飯の恩義を受けていて、そこの兄貴分ともすごく親しくなる。友愛が生まれる。ところが、そこの親分が、自分の尊敬してる親分を殺っちゃう。

最初は分からないんだけど、やがて真相を知ることになる。それで、その親分を許せないと言って、兄弟分になったやつに打ち明けて、「あっしもお供します」となって、最後、唐傘で雪の中を行くと。その兄貴が池部良さんだったりするわけだ。

片方に一宿一飯の義理がある。そして敬愛する兄貴分との関係は人情。これで義理と人情が見事に成立する。島田正吾、佐野周二、池部良といった俳優たちがいてくれた時代の幸福。それにしても、『あにき』はすごいメンバーで二段重ねにしたものだ。

そうですね。これって元々は長谷川伸から来てるんですよ。

名作『一本刀土俵入』や『関の弥太っぺ』『沓《くつ》掛《かけ》時次郎』などで知られる、劇作家の大御所だ。

実は長谷川伸って、僕の親戚なんだよね。遠い親戚なのよ。それを学生時代に知ったんだけど。『瞼《まぶた》の母』ってあるじゃない。

あの作品は、長谷川伸が実母と生き別れになった体験をもとにして書いたんだけど、自分を捨ててどこか行っちゃったおふくろが別の男と再婚していて、瞼を閉じればその母親の姿を思い出すという話だよね。その母親に一人前になった男が会いに行くんだよね。すると、別の家庭の中で幸せにしている母親がいる。そこの家で作った子ども、つまり父親の違う妹が２人か３人いるのよ。その一人が僕の叔母なの（笑）。

大学時代に僕が物書きになると言ったら、その叔母から「長谷川先生に会っといたらどう？」って言われたんだね。そのときは「嫌だよ」なんつって会わなかった。

でも、その後ね、シナリオライターになって、東宝の重役連中と飲んでるときに、「僕、実は長谷川伸さんの遠い親戚でして」と言ったら、「え？」って全員がびっくりして、あぐらかいてたのを座り直した。そんな偉い人か、会っとくんだったと思ったけどね（笑）。演劇界の神様みたいな人なのに、とても親分肌の人だったらしい。だから、「いつでも会ってくれるよ」って言われてた。「すごく優しい人だから」って。でも、ちょっとなんか照れ臭くて会えなかったんですよね。残念なことしたんだけど。

しかし、長谷川伸のDNAは倉本聰の中にしっかり継承されている。

いや、本当のDNAないのよ（笑）。その叔母が僕の叔父のとこに嫁いだんで、血のつながりのない親戚なんだけどさ。ただ長谷川伸が作った、義理と人情の板挟みみたいなものは、東映の中で尾崎士郎原作の『人生劇場 飛車角』（63年）から始まる任侠路線に生かされたよね。あれはプロデューサーだった日下《くさか》部《べ》五朗《ごろう》さんなんかの功績だけど、あの人たちが一種の公式にしていったって気がする。

だからテレビでは、健さんを東映の任侠路線で使っちゃ失敗する。そうじゃなくて、健さんを少し単純なバカ野郎にしなさいと。妹（大原麗子）をすぐぶん殴っちゃうとか、そういう感じの兄貴にして、だけど、義理と人情に厚くて、こっちを向いたら向きっぱなしっていう。

それでいて、親分にはもう絶対に服従。そうすると、あの人が今までの映画では出してなかった喜劇性が出てくる。

日本人の心の琴線に触れる方程式が、ドラマの『あにき』にまでつながっていたのだ。当時は、高倉健をそんなふうに扱うことなど誰も思いつかなかった。倉本の「健さん解釈」に対して、TBSのプロデューサーはどう反応したのだろう。

理解してくれたんですよ、「なるほど」って。その点は大したやつだったよね。本当に悪徳プロデューサーとして有名だったんだけど（笑）。

役者に惚れる

役者ありきのスタートは、健さんの『あにき』くらいだったのか。

いや、たとえば『前略おふくろ様』(75～76年、日本テレビ系)もそうでしたね。ショーケン(萩原健一)から頼まれた。僕はテレビ局より役者との付き合いのほうが多かったから。

違った見方をすれば、倉本は脚本家であると同時に、広い意味でのプロデューサー役をやっていたことになる。

プロデューサーじゃないと思う。役者と付き合いが多かったというのは、その前に僕は新劇にいたでしょ？　劇団のメンバーにいいホン(脚本)を書いてやりたいという気持ちがあって、座付き作者の感覚があったわけ。

役者たちと知り合いになりたいというのは、その役者にいいホンを書いてやりたいからで。要するに役者を愛することから始まったんですよね。相手が女優だったら、ほとんど僕、恋愛感情で書いてますよ、変な言い方だけど(笑)。八千草(薫)さん、(いしだ)あゆみちゃん、もうほとんどそうでしょうね。

嫌いな人や関心のない人じゃ燃えるもの、湧き上がるものがない。それは嫌ですね。ただ、彼女たちを愛するんだけども、長所が見えただけじゃ、その人を理解したってことにはならないんですよ。欠点が見えないと面白くない。

役者って、欠点をきちんと書いてやれば、必ずそれが個性になって出てくるんです。口の大きい人には、あえて口を大きく書いてやんなきゃいけない、岸田今日子みたいな人には。

一番いいのは、本人も気がついてはいるけど、困り果てている欠点。隠しきれなくて困っている欠点。それがつかめると、もうしめたものですよね。

ポイントは欠点だ。しかし本人も困っているような欠点となると、女優たちもそう簡単には見せてくれないのではないか。

だから八千草さんとは、1本書く前に1年ぐらい付き合いました。書いてくれってマネジャーに頼まれて、お茶飲んだりなんかして。欠点が分かんないんですよ、良い人過ぎちゃって。

だから、ある日、マネジャーに、「ダメだ。あの人書けない。なぜなら、あの人が一人で自宅にいるとき、短パンであぐらかいてるとか、そういう姿が浮かばない。あの人が部屋でオナラする音が聞こえない。においも分かんない」と言った。
そしたら、その晩、八千草さん本人から電話がかかってきて、ケケケケと笑ってさ、「私のオナラの音、分かりません？」って言われちゃって、「え？」って真っ赤になった。そしたら、「じゃあ、新珠《あらたま》（三千代）さんのオナラの音も分かりませんでしょ？」って言われてね、ハッと思ったわけね、そのとき。あ、八千草さんって新珠さんに対する一つの嫉妬心みたいなものがあるんだと思って、そこから開けた。

ついに人間味をつかんだのだ。

うん、人間味。もう一人、分かんなかったのはね、若尾（文子《あやこ》）ちゃんです。これは2年半ぐらい付き合って、やっと1本書いた。

それが『あなただけ今晩は』（75年、フジテレビ系）だ。急死した妻（若尾）が、幽霊となって現世の夫（藤田まこと）を監視する物語だった。

そうそう。でも、あの人は、あまりうまく書けなかったという気がする。欠点をさらけ出してくる人は書きやすいんですよ。だから桃井かおりとか吉田日出子とか、いしだあゆみちゃんとか、ああいう人たちは分かるんです。石田えりとかね。

女優って防波堤を張るでしょ？　まあ、この年になってしまえばね、もうみんな露骨に来ますよ。そうすると、「ああ、こういう面があったのか」って分かることがある。

当時は40代だったからギラギラしててさ、こっちもあわよくばっていう気持ちがあるからね。そうするとやっぱり、うまくいかないんだよね（笑）。

テーマとモチーフ

企画を考えるときに、プロデューサーから書けと要求されたものがあるとするよね。そのとき、まず相手の言ってることを整理することから始めなくちゃいけないじゃない。その場合、特に重要なのは、テーマは何か、モチーフは何かということですよね。

ところが、今のプロデューサーたちの言うことに、テーマはないんですよ。モチーフはあるけれど、テーマがない。しかも、もう一つ始末の悪いのは、テーマとモチーフを混同しちゃってるんですよ。

テーマは主題で、モチーフは創作の基礎になる着想や題材だろうか。

うん。テーマってのはさ、作者の伝えたい「核」みたいなものじゃない？　でも大体、プロデューサーが要求してくるのはモチーフなんだね。いつからか僕は、モチーフの中に隠した主張を潜り込ませるという習慣を身につけちゃったんですね。自分が本当に書きたいもの、つまりテーマを、相手の持ち出したモチーフの中に忍び込ませる。

一番極端なのは『北の国から』なんだけどさ。あれはフジテレビが、小さな家族の大きな愛の物語なんてものを作りたい、動物をいっぱい出したい、みたいなことが始まりでしょ？

モチーフだけですよね。あれ、ちょうどバブルへと向かう頃だったんだけど、僕はあのとき、「こんなに日本が豊かになっちゃっていいの？」って思ってた。「これ、いつまで続くのか、みんな自信あるの？」って。進み過ぎたものは絶対滅びるっていう恐怖感がものすごくあったんですね。

僕自身、東京から逃げてきちゃったし、もちろんＮＨＫと喧嘩《けんか》したってことが表向きにはあったんだけれども、そのまま北海道に居着いちゃったってのは、東京が怖くなったからで。あの東京の豊かさが。

このまま上げ潮に乗ってったら、どこかで崩壊が来るっていう予感があった。ピーンと来たんでしょうね。ずっとは続かないぞっていう感じがあって、いわば「バック・トゥ・ザ・パスト（過去）」ですよね。少し過去へ戻れないのかっていう。

それにはいつ頃が、何年ぐらいがいいんだろうとずいぶん考えましたね。１９６０年代は日本全体がまだ貧し過ぎたと。70年代だったらどうなんだろうか。70年代の頭だったら、悪くないんじゃないかと思ってね。あの頃の豊かさって、ささやかなものだったでしょ？

僕はちょうど、世の中が移り変わりかけたところを札幌で目撃して、そこから逃げて富良野に来ちゃったから、バブルそのものは見てないんですよ。ジュリアナ東京でみんなが踊り狂ってるみたいなのはニュースでしか見てないわけです。だけど、いずれバカ騒ぎは終わるんだろうなという予感はあったし、どんどんアメリカ化するんだろうなって思ってました。

それまでは、日本人の女の子がね、太ももを平気で見せるなんてことは絶対なかったはずでしょ？　アメリカではしてましたよね。平気で太ももをあらわに街を歩いたりしてたけど、日本人もそれを始めちゃった。まあ、それも見ているだけなら楽しいかもしれないけど、これはやっぱり崩壊が来るぞという感じがした。

今現在も、ますます崩壊に向かって突き進んでるけど、当時、戻れないところまで来ちゃったんだと思って、『北の国から』ではそのことを訴えたかったんですよ。少し戻った生活を描きたかった。

ところがね、戻った生活というのをそのまま書いても、世の中に受け入れられないだろうとも思った。それが証拠に、『北の国から』のプロデューサーたちはあの番組が終わった後、トレンディドラマをやりましたよね。同じプロデューサーがやってるんです、山田良明なんかがね。あれはもう、まったく真逆のことをやったわけですよ。

アメリカ化は、社会や政治、そして文化などがアメリカのようになっていく現象を指す。80年代以降、表層的なことに限らず、日本人の精神面や価値観までもが変化してきたのかもしれない。ドラマもまた然《しか》りだ。

糖衣錠作戦

確かにテレビには、世の中の流行をリードするみたいな役割というか、そういう働きがあるよね。トレンディドラマはそっちへ行ったんでしょうね。それはそれでいいんだけどさ、僕はそうじゃないものを書きたかった。

でも、そんなものを書いたって、世の中の人は見ないだろうと思ったから、その一番本当に言いたい、薬でいえば苦い核のところを砂糖をまぶした糖衣錠にして、分からなくして飲ませちゃえって（笑）。いわゆる親子の絆《きずな》とか、兄妹愛とか、草太の恋愛とか、おいしい糖衣をいっぱいつけて世に送ったんですよ。

いきなり終末医療と言われても「え？」となるけど、『風のガーデン』（２００８年、フジテレビ系）のような、甘さも感じる物語にしていけば見てもらえる。やっぱりそこにおいしいお砂糖をね、まぶしとかないと。

「糖衣錠作戦」は、僕にしてみればゲリラ活動のやり方だったんです。ベトコンですよ（笑）。昭和40年代から、今に至るまでずっと続いてますね。

いいドラマは、見る人の気持ちを揺さぶるものだ。糖衣によって泣かせたり、笑わせたりしながら、倉本は物語の中に本当に伝えたいメッセージをすべり込ませていく。ドラマの王道を歩んできたと思われている大ベテランが、自身を正規軍ではなく、ゲリラにたとえていることも、どこか倉本らしい。

これまで廃棄物として連日生産され捨てられていたウンコというきらわれものを一大資源として再生し、自然の循環の中に組み入れたのである。

人類にとってこれは大変な事件だった。ウンコが人類の食糧革命を生んだのだ。

この博士、戸村草平には、学生時代から同じ神楽坂の下宿に住んでいたオペラ同好会の3人の親友がいた。

彼らは50代の男盛りになり、一人は商社の部長、一人は広告代理店の役員、そしてもう一人は有名病院の副院長として博士の発明を世に出すことに全力を投じて協力する。

この企画は、青春の友情に結ばれた4人の男の愛と夢とに裏打ちされた、壮大かつこっけいな物語である。

倉本聰、新作『火曜日のオペラ』を書く

企 画 書

倉本　聰

ウンコは悲しい存在である。

毎日誰しもが排泄するのに、何故かみんなが忌み嫌い、話題にするのも避けている。差別されている。哀れである。

昔日本に中村浩博士（1910〜1980）という、知る人ぞ知る科学者がいた。ウンコ博士と親しまれ、世界中で一目《いちもく》おかれていた。

未来の宇宙食の研究の為にNASAに招かれ、アリゾナの砂漠でクロレラという藻と自分のウンコだけで3ヶ月生き抜いてみせて、世界をアッといわせた。

この企画の主人公はその博士の後輩にあたる一人の科学者である。

彼、戸村草平は博士の志を継ぎ、世界に増え過ぎた人口がもたらす食糧危機の未来を危ぶんでウンコとスピルリナという原始藻から、マナという新しい穀物を開発することに成功する。

第2章 愛が人を動かす
——脚本と脚色

シナリオには、大きく分けて2種類ある。小説や漫画といった原作があるものと、原作のないものだ。原作がある場合、それは「脚色」と呼ばれてきた。そして原作なしのオリジナル脚本が、本来の「脚本」ということになる。

脚本と脚色

最近のドラマでは、「脚色」の文字をあまり見ない。「脚本」とは何かという問題とも関わるはずだが、このあたりを倉本はどう考えているのだろうか。

まず、「脚色」について少しお話ししましょうか。僕ね、日活時代にある脚本家と一緒に缶詰めになって映画を1本書かされたんです。その人はね、原作本を常に手元に置いて、そこから引き写すようにして書いてましたよ。

ところが、僕はまったく逆のやり方だったんです。A・J・クローニンの『青春の生きかた』という小説があるんだけど、それをドラマにしたいという日本テレビの注文があって、『わが青春のとき』（1970年）というのを書いた。これ僕、とっても好きな作品なんだけど、石坂浩二と樫山文枝でね。

このときも、クローニン全然読まなかったんです。最初の3ページぐらい読んで、あと、その原作を誰かに読んでもらって、粗筋を教えてくれって頼んで、それだけで脚色した。だから、原作に囚われずに書けました。脚色ってそういうものでいいじゃないかっていう気がする。

クローニンの小説の冒頭を読み、あとは人からこんな話だと聞いただけで書いてしまったことに驚く。脚色というより、ほぼ創作だ。

杉良太郎主演『文五捕物絵図』

それからね、まだ駆け出しの頃に『文五捕物絵図』（67〜68年、NHK）というのを書かされたんですよ。このときの体験が大きかった。

原作者である松本清張さんの文五についての説明って、わずか数行なんです。江戸時代、神田明神下に文五という若い岡っ引きがいて、7人の下っ引きを使っていたって、それだけ。「え？」って感じだったけど、清張さんは「自分の作品全部使ってもらって結構ですから」と言ってくれた。

たとえば『霧の旗』っていうのを僕、『文五』で『若狭宮津浜』っていう作品にしたのかな。『霧の旗』というのは弁護士に復讐する話だけど、これを医者にして、復讐するって話にした。

自由にできたんで、楽しかった。脚色の仕事はそれが最初だったから、脚色というものに対する考え方が他の人より少し自由過ぎるのかもしれない（笑）。

『文五』はね、複数の脚本家が書いていた。石堂淑朗さんもいたし、杉山義法とか、7、8人で書き始めたんだけど、結局僕がチーフになって、一番多く書いたと思います。『文五』は当時の僕にとっての代表作みたいになっちゃった。

思えば、『文五』は新鮮なドラマだった。全体があまり時代劇っぽくなく、登場人物たちの考え方や行動も現代的だったのだ。脚色とはいえ、清張作品を自在に料理できたことで、限りなくオリジナルに近いものとなったわけだ。

渡哲也主演『浮浪雲』

倉本作品はオリジナルがほとんどだが、『浮浪《はぐれ》雲』（78年、テレビ朝日系）はジョージ秋山の漫画が原作だった。あのとき、原作とドラマの関係はどうだったのだろう。

あんなに楽しかった原作はないね。というのは、ジョージさんが「自由奔放にやってください」と言ってくれたから。それに漫画の中で、主人公の浮浪、妻のかめさん、息子の新之助、この3人の人物像がめちゃくちゃよく出来てるんですよ。

どんなに崩そうとしても崩せない。だから、逆に楽でした。あれだけ人間が出来てる創作物ってなかったな。ただ、主演の渡（哲也）はそんなにいいと思わなかったし（笑）、渡本人も忸怩《じくじ》たるものがあったみたいだけど。

「何月何日、品川宿を坂本龍馬が通過」なんていい加減なことを書くと、大野克夫がおちゃらけた音楽くっつけて、歌詞は阿久悠で、もうめちゃくちゃなドラマでした。破天荒でしたね。

石原プロからは「チャンバラシーンを作らないから、視聴率上がらないんだ」なんて言われたりした。「どうして渡にもっと斬らせねえんだ」って言うから、「浮浪雲は斬っちゃいけないんだよ」って。

「テレビだからどんどんバシバシ斬らせにゃあかん。これじゃ視聴率上がらんわ」って困ってたけど、書き手としては面白かったですよ。脚色していて、いくらでもアイデアが出てきた。あの浮浪一家の3人が生きてるからでしょうね。特に、かめを演じた、(桃井)かおりが、ものすごくよかったしね。

息子の新之助が何かしてると、浮浪が「かわいいですね」って言う。妻のかめさんも「かわいいですね」と言って。「食べちゃいたいぐらい、かわいいですね」「本当食べちゃいたいぐらい、かわいいですね」「食べちゃいましょうか」「やめてください」って続くの。浮浪が「食べちゃいましょうか」って真剣な顔で言うと、かめさんがあわてるっていう、そういうのが、かおりだからできたんだね。

『浮浪雲』には、オリジナル脚本のドラマとは別の楽しさがあった。それは倉本が原作に頼ったり、縛られたりするのではなく、原作を足場に想像力で思い切りジャンプする書き方をしていたからだ。原作ありの場合も、脚本家の力量が問われることが分かる1本だった。

「シナリオ作家」とは

これは一般論だけど、よく政治家とか評論家が「今度、政府が書いたシナリオは」というふうに、シナリオ、脚本という言葉を簡単に使う。あれ腹立つんだ（笑）。脚本というのを彼らはどういう意味で言っててんだろうと。

多分、「プロット」という意味で使ってますね。「筋書」というような意味で。でも、脚本ってそんな単純なものじゃない。まず、いわゆる脚本にはね、ストーリーを作ることと、その上でそれを撮影台本にするという二つがあるわけですよ。

物語自体を組み立てること。そして、いわゆるシナリオの形にすること。シナリオ作家にとって、それは別の作業だということとか。

だから、シナリオにもレベルがあってね。ただの脚色というか、人の作ったストーリーを脚色したものというシナリオは位《くらい》が低いんです。アメリカのアカデミー賞を見てごらんなさい。「脚色賞」というのは、「脚本賞」よりうーんと下位にありますから、授賞式では早いうちに出てきます。オリジナルの脚本賞というのは、最後のほうに出てきます。つまり、ものすごく区別してるんですが、日本は区別してないんです。だからストーリーまで自分で作ったオリジナル脚本と、小説や漫画をもとに脚色した脚本というものとを同一に考えちゃってる。

確かに日本のテレビドラマでは、小説や漫画を原作としたものでも、すべて「脚本」とクレジットされている。「脚色」という言葉をほとんど使っていないのだ。

分かりやすい例が、シナリオのコンクールですね。どこも、いきなり新人にオリジナル脚本を求めちゃってる。これ、むちゃくちゃな話なんですよ。だってストーリーを考えさせて、それを映画やドラマの台本にしようということだから。これ別物なんですよね。

僕は駆け出しの頃、日活の脚本部に所属してたけど、最初の何年かは、そう簡単にオリジナル脚本なんて書かせてもらえなかった。プロット（筋書）というのはプロットライターというのがいましてね、その人たちが書いてくるんですよ。
いろんな本とか雑誌、『小説新潮』とか『文藝春秋』とかを見て、この話はドラマになりそうだというものをプロットに仕上げてくるのがプロットライターなのね。そのプロットをもとに、脚色して撮影台本にするのがシナリオライター。
役割も担当する人も違います。だから、僕らもオリジナルシナリオをいきなり書かせてはもらえなかった。

ここで言うプロット、つまり筋書とか筋立ては、どれくらいの分量のものを指すのだろうか。

それはいろいろありますよね。企画書程度のものだったらね、ペラ3枚かな。ペラというのは200字の原稿用紙です。僕らが企画書を出すときには、「ペラ3枚に収める」という言われ方をされましたね。『ハムレット』を3枚で出せ、みたいな（笑）。

原作がどんなに長くても、ペラ3枚の６００字で説明する。それ自体が立派な修業だ。

もちろん、すごい修業ですよ。文章を短くするというのは、すごく修業になる。僕、自分でね、それ一番感じたのはね、朝日新聞の「日記から」というコラムがあって、６００字なんです。それを2週間書かなくちゃいけない。これがめちゃくちゃ勉強になった。
　しかも僕、一応シナリオライターだから（笑）、つい起承転結ってものを考えちゃうでしょ？　６００字の中で起承転結をつけようと思うとね、至難の業《わざ》なんです。それやってみるとね、削っていくしかない。いかに削るべき文章が多いかってことが分かる。これも削れる、あれも削れるっていう、削ることの意味をつかみましたね、あのときは。

コラムとはいえ、６００字でいわば一つのストーリーを語るのだ。しかも倉本聰ならではの芸も見せなくてはならない。４００字でも８００字でもなく、６００字というのが難しそうだ。

そうですよね。６００字で書くというのは勉強になりました。いわば一種のショートショートなわけで、これはね、シナリオを書き始める人は絶対やるべきだと思う。自分が書きたいというプロットを、こういうのを映画にしたいというものを、６００字で提示する。課題としては、すごいですよ。

それはシナリオだけでなく、あらゆる文章を書こうとする人に有効な練習だろう。

僕は脚本って独学だったでしょ？　それで、他のいろんな作家のものを引き写したり、そういうことばっかりやってたんだけど、友達の友達に日大の芸術学部に行ってるやつがいてね。シナリオ科ってあったんですよ。でね、その彼が『現代人』（52年）なんかを書いたシナリオライターの猪俣《いのまた》勝人《かつひと》さんという、僕が当時、ものすごく尊敬してた人の授業を受けてた。

その猪俣さんが一体どんな授業をしてるのか、僕訊いたのね。そうしたら、「今週いっぱいの宿題なんだけど、『彼と彼女はその後も会っていた』というのを、ペラ2枚でシナリオにしろ」だって。これはね、僕、その後もずーっと考えてたんだけど、いまだにうまく書けない（笑）。「その後も会っていた」って。これ難しいでしょう？　そういう修業をさせられてた人たちもいたわけですよ。

繰り返しますが、脚本というものにおいて、プロットを書く作業と、それを撮影台本にする作業は別なんですよ。それを十把《じっぱ》一絡《ひとから》げにして「シナリオ」という言い方をしちゃってる。

「プロットライター」というのがいて、「シナリオライター」というのがいる。で、「オリジナルシナリオライター」というのがその上にいる。

だとすればね、もう僕の定義では、その1と2を足した、プロットライターとシナリオライターを足した、オリジナルシナリオを書ける人たちを「シナリオ作家」と呼ぶんだと思うんですよ。

シナリオというものは、真似事ならば中学程度の作文の知識があれば1本はできると思う。自分の実体験を取り出して書けば、1本はできちゃうでしょ？　でも、それで売れちゃったりすると、後が続かなくなるわけ、みんな。

脚本にも、脚本家にも、然るべき「段階」というものがあるということだ。オリジナル脚本を書くという行為は、やはり生半可なことではない。

プロに転向したとき、僕が思ったのは、本来の「シナリオ作家」になるのは10年先だと。それまでは「シナリオ技術者」になることを目指した。要するに、右から来たのも左から来たのも、どんな注文でも受けて、プロデューサーの意向に従ったものを書ける腕力だけは持とうと。それには、やっぱり10年はかかるだろうなと思って始めましたね。

アカデミー賞の脚色賞の話でも出ていたが、あらためて整理しておきたい。「脚色」というのは、たとえば誰かの小説が原作としてあって、それをシナリオの形にすることをそう呼ぶのだろうか。

アメリカのアカデミー賞では、既存の創作物を土台にしたシナリオは、すべて「アダプテッド・スクリーンプレイ」、つまり脚色賞に回りますね。

今どきのドラマの多くが原作ありきで、しかも漫画が多い。そこにはストーリーがあり、登場人物のキャラクターもビジュアルで見せてくれる。プロデューサーなりが何冊も漫画を読んで、「ああ、これは面白い」と言って脚本家と呼ばれる人に渡してシナリオ化する。つまり、どんな人物が出てきて、どんな物語が展開するのかという核心部分を、脚色という形で借りてきているのだ。本当は、テレビドラマで「原作」誰々とあったら、次に「脚本」ではなく、「脚色」誰々と出すべきではないのか。

その通りです。そういうふうに表示すべきなんですよ。僕なんかも、最初は「脚色・倉本聰」ですよ。いつからか、全部「脚本」になっちゃった。

原作があるなら、「脚色」なんです。「アダプテーション」なんですよね。そこら辺りからシナリオライターたちも、自分を錯覚しちゃったんだね。自分を偉く思い過ぎちゃったんじゃないかな。そんなものじゃないと僕は思いますよね。

感動と快感

日本でテレビ放送が始まったのは１９５３年（昭和28年）だ。ドラマもまた70年の歴史を持つ。倉本が感じる、ドラマの大きな変化とは何だろう。

話を分かりやすくするために映画を例にするけど、ハリウッドで作られた作品って面白いですよね。

　とりあえず、観ていて面白い。

そう、とりあえず（笑）。スリルもサスペンスもホラーもね。でも、昔あったものとは違ってきちゃった、っていう気がするの。それをね、ここしばらく、ずっと考えてた。何が違うんだろうと思ったら、昔はね、作品というのは「感動」が目的だったような気がするのね。ところが、今は「快感」になっちゃってんじゃないか。

だから、確かに面白いんだけど、残らない。感動というのはやっぱり心に確実に残る、心の財産になるぐらいのものですよね。

　どうもね、映画で言えばスピルバーグさん辺りから、なんかね、感動じゃなくて快感を作り始めたんじゃないかって気がするなあ。スピルバーグが最初に注目された映画は『激突！』（71年）ですよね。あの『激突！』って映画はさ、すごく面白い映画ですよ。でも、あれは感動ですかね？　あれは快感じゃないかと思うんだ。快感にはね、暴力があり、殺戮《さつりく》があり、残虐があり、恐怖があり、スリルがあって、だけど刹那《せつな》的なんですよ。感動みたいに心に恒久的に残るものはない。たとえば「溜飲《りゅういん》を下げる」って言葉があるでしょう？　溜飲を下げるのがね、感動なんだろうか、快感なんだろうかって。どっちだと思います？

溜飲を下げるのは、感動というより快感ではないか。

僕もやっぱり快感のような気がするんですよ。でね、感動を呼ぶものの原点って何なんだろうって、これをね、ずいぶんいろいろ長いこと考えてんだけど、結局集約するとね、僕は「愛」ってことに突き当たっちゃうんだよね。「愛」という言葉がどうしても捨て難い必須のものであるような気がしちゃう。恋愛を含めて、兄弟愛、家族愛、友人愛、その愛というものがやっぱり永遠のテーマだって気がして。

ドラマは「愛」

シェイクスピアは大体40作かな。その中でドラマのルーティンをほとんど全部作っちゃったっていう説もありますよね。

その後はシェイクスピアのバリエーションに過ぎないという説があるけど、それで考えてもね、シェイクスピアって全部、愛が絡んでるような気がしませんか。『ハムレット』って、父親愛と母親愛とオフィーリアに対する恋と、それがうまく密着してる愛でしょ？『ロミオとジュリエット』というのは完全なる恋愛でしょ？『リア王』というのはやっぱり父親に対する愛でしょ？

そうやって考えてみたらね、結局、一番でっかくて、一番離れ難いテーマというのは、愛ということになっちゃうのかなと。自分は愛ということの中で、この一生の仕事をやってんのかなと思うんだよね。


愛は人を動かす。人が何か本当に大事なことへと踏み出すとき、奥底に愛があるのかもしれない。では、倉本にとっての愛には、愛憎や愛欲も含まれるのか。

うん、たとえば肉欲っていうのがあるよね。肉欲っていうのは愛じゃないという説もあるし、結局、愛なんじゃないかっていう説もあるよね。動物的に見れば、繁殖欲から来てるものが、結局愛の原点ではあるわけだけどさ。

多分神様がいろんな動物を創ったとき、人間というこの怠惰な動物を見てね、こいつらは、よっぽどセックスが快感を伴わないと繁殖しねえぞと考えて、ああいう快感を与えちゃったんじゃないかと。

それって罪だけど、神様のいたずらで、いや工夫で、みんながやりたくてしょうがないっていう気分になっちゃったんだね。

で、動物の場合にはさ、シカなんかもオスがメスを求めて、これはもう繁殖していくというその義務だよね。僕ね、シカがやるときに、やるときってセックスするときに、人間みたいな快感あるのかなってよく考えるんですよ。

猫ってさ、動物の中では珍しく、セックスするときすごい声出すじゃない。よがり声というか何というか。猫ってやつは少し快感を持ってんのかなとかね、変なこと考えちゃう。

そうするとね、やっぱり動物を使って愛の物語ってできるのかなっていう気がするよね。父性愛とか親子愛の話はできる気がするんだ。たとえばキツネが6匹の子どもを産んで、その子どもたちを育てていくという親子愛の話は作れると思うんだけど、子が親離れしちゃうと、親子愛って忘れちゃうじゃない。

人間の場合にはさ、けっこう親子愛は最後までまとわりつくでしょ？　老人ホームに親が入るとなれば、何か悪いことをした気になっちゃうという。

いずれにしてもね、ドラマのテーマ、つまり感動を生むテーマというのは、愛に収斂《しゅうれん》されるんじゃないかって気が最近してきたね。

ドラマも感動から快感に、こんなに変わっちゃっていいのかって思う。そりゃ娯楽としてはいいんだけど、僕はやっぱり、シナリオを書き始めた目標というのは快感を作ることじゃなくて、感動を作ることだっていう気が今でもしてますけどね。

もしかしたら日本人自体が、あるときから快感を求めるほうへ行ったのかもしれない。80年代の『北の国から』の時期、日本全体が感動から快感へと向かっていたことに、倉本のアンテナが反応した。「そっちじゃねえだろ」という思いが、あのドラマにつながったのだ。

それに、「感動」という言葉もだんだん日本語として分かりにくくなっちゃったね。だから、以前テレビで10代の女の子が、ハーゲンダッツのアイスクリームを手にして、「これ食べたらもうおいしくて感動した」って言ってた。アイスクリームで感動というのが、すごく不思議だったことがある（笑）。

以前はそういうふうに使っていなかったはずだ。

なかったと思う。「これは快感だ」とかね、少なくとも感動じゃないだろうってね、ひどく気になった。安っぽくなったよね、感動という言葉が。

「感動」と同じように、最近は「共感」という言葉も流行《はや》っている。何を見ても聞いても、簡単に「共感した！」と言う人が多い。では、共感とは一体どんなものなのか。

共感っていうのは、快感と感動との中間にある言葉でしょうね、きっとね。でも、感動じゃないですよね。

小説家が、「すごく共感した」とかいう読者のコメントをもらうと、「別に共感してほしくて書いてるわけじゃない」などと言ったりすることがある。確かに共感は感動でも快感でもない。

僕、ネットとかＳＮＳとか、そういうこと一切しないし、見たこともないからあまり知らないんだけども、誰でも文章を書き始めて、書くこと自体はいいんだけどね、批判し始めるでしょ？　それがすごく、やっぱり嫌だね、見てて。しかも匿名《とくめい》ですから。その匿名の批判というのが。これはね、ちょっと社会悪だと思う。相当人間と社会を壊してますよ。

シナリオ作成の工程としては、内容が見えてきたら、次は「シノプシス（粗筋）」を書くことだろうか。

そうですね。全体がどんな物語なのかを概観できるのがシノプシス。これは台詞を含むシナリオの形ではなく、普通の文章として書きます。全10話であれば、各回それぞれ、どこまで話を進めるのかも決めていきます。シナリオの元帳みたいなものですね。

今回、この本のために倉本が書き下ろした、オリジナルドラマ『火曜日のオペラ』。そのシノプシスは、何度も書き直され、バージョンアップされてきた。

最終的には全7話のシノプシスにしました。普通、シノプシスを読むのはプロデューサーなど限られた人なんですが、それを公開します。シノプシスがどんなものなのかを知ってもらうには、この実物を読んでいただくのが一番いいと思いますね。

第3章
シノプシス『火曜日のオペラ』全7話

シノプシス

アメリカン航空126便は3月30日、現地時間定刻にサンフランシスコを離陸した。

シートベルト解除のチャイムが鳴って、高橋三郎はやっとシートを倒し、自分の携帯プレーヤーのスイッチを入れた。

オペラのアリアが耳に流れこんだ。

マスカーニのカヴァレリア・ルスチカーナ序曲。

やっといつもの平静が戻った。

来月の末には、久しぶりにあの三人の親友と、ゆっくりかくれ家で旨い酒が飲めるだろう。

この何週間かは忙しすぎた。

世界が仰天する一大プロジェクト。

5月の記者発表がすんでしまえば、十数年をかけたこのプロジェクトが遂に世間に公開される。

世界は、一寸《ちよつと》した大騒ぎになるだろう。

高橋三郎は眠りに落ちた。

高橋三郎は社内ではオンコ部長の別名で呼ばれている。蔑称ではない。尊称である。

日本を代表する総合商社「ヒジカタ商事」の食糧戦略部部長。東京大学法学部出身。彼が十数年秘かに企ててきたのは、東大時代からのオペラ同好会の親友、戸村草平の生涯かけての研究、藍藻《らんそう》スピルリナとオンコを使った新種の穀物、マナの大量生産である。

マナとは旧約聖書「出エジプト記」に出てくる「天使のパン」と呼ばれる白い物質のことである。イスラエルの民がシンの荒野で飢えた時、神がモーゼの祈りに応じて天から降《くだ》らせたのがマナである。これが、約束の地カナンに着くまでの40年、イスラエルの民の食糧となった。

戸村は東大細菌学の准教授。

彼はクロレラ研究の世界的科学者、故中村博士の遺志を継ぎ、クロレラより収穫増産の容易な、らせん状藻スピルリナを使った排泄物からの穀物生産という、世界で初めての食糧革命を実質的に成功させていた。

何故、このマナの量産が世界中から注目を集めるか。

それは、これらがオンコを資源として育つものであり、「食う」「出す」という究極的食物循環の中で、これまで全く目を向けられなかった排泄物という廃棄物を、一大資源として利用できるからである。

オンコとは富山弁で、ウンコのことである。ウンコでは社会通念上、あまりに露骨すぎて使いにくいという社内の総意から、オンコというこの富山弁を、いわば隠語として使うことになった。

さし迫っている世界的食糧危機の中で、こ

のオンコ——排泄物の資源化・穀物化という発想は正に史上最大の福音であり、人類史上稀有の事件だからである。

戸村のこの発明の全ての権利を、高橋三郎は古くからの親友である広告代理店「デンコー」の取締役 赤尾整と組んで超極秘のうちにヒジカタ首脳部に確保させており、日本では中堅製薬会社オプト製薬、アメリカではNASA（アメリカ航空宇宙局）を通してIT企業の雄パイン社に、既に極秘裏に5兆ドルの研究費と資金を提供させていた。

実はこのマナ・プロジェクトは、ヒジカタの内部でも創業三代目のワンマン土方会長の特命で進行しており、バックに政界のボス大山光希がいて、詳細を知るのは会長とその娘婿の務台専務。そしてデンコーの専務理事村井正三、その部下である赤尾。そして夫々《それぞれ》の最側近のみ。高橋三郎の直属上司である石黒常務すら詳細については知らされていない。

このような事態を背景にして、高橋三郎が出張先のアメリカから帰国するところから話はスタートする。

（1）

高橋三郎の帰国予定日は4月1日である。

家にも会社にもそう云ってある。

だが一日早い3月31日。三郎は秘かに帰国した。しかも到着は羽田ではなく、関西国際空港である。

　このことは、会社にも家にも伝えていない。知っているのは二人だけである。

　まず一人は舞子《まいこ》の隠居といわれるヒジカタ会長 土方歳臣。関西財界の智恵袋と呼ばれ、関西どころではない日本財界の大怪物である。

　関空での厳格なPCR検査の後、ハイヤーで三郎はひそかに神戸の舞子に直行する。

　三郎は舞子の邸でヒジカタの総帥《そうすい》である土方会長に逢い、アメリカ・パイン社との協議についての報告をする。その邸には秘かにアメリカのノーベル賞科学者 コーチャン博士もいた。老人は満足し、その労をねぎらった。

　舞子の邸を辞した三郎はそのまま京都に飛び都ホテルの特別スウィートに偽名を使って投宿する。

　そこにはかねてよりの愛人である東京銀座のバー「るい」のママ、九条あけみが既に着いており、二人は濃密な一夜を過す。

　彼が東京に帰着したのは、4月1日の夕刻である。会社に連絡し、腹心の部下である山形良一と秘書の服部恵子に帰国の報告を簡単にすます。石黒常務はもういなかった。

　実は前日帰国していたことは、山形にも服部にも無論家にも秘密にしている。そしてそのまま、杉並の自宅へ直行。やっとの思いで床に入った。

夢を見ていた。

なつかしい神楽坂、藁棚《わらだな》荘の一室。

元芸者置屋を建て直した下宿。

三郎と戸村と上月と赤尾。四人の大学生はその下宿に住んでいた。四人は本郷のオペラ同好会「ラ・トスカーナ」の仲間で親友だった。

赤尾だけは東大でなく慶應の学生だったが、上月と暁星高校の同級生だったことから、いつのまにか肝胆相照らす親友になっていた。

彼らはそのうち、上月の父である医師会のボス上月幸五郎が借金のカタに手に入れた下宿 藁棚荘の裏庭にある古い土蔵を占拠し、四人だけの秘密のかくれ家としてサロン兼、オペラの鑑賞室として使うようになった。

土蔵は四人だけの神聖な城であり、他人は絶対、恋人さえもそこには入れなかった。

三郎、上月、赤尾の三人は、女性に関しては夫々発展家で、上月には既に何人ものセックスフレンドがいたし、三郎は高校時代の後輩とつき合っており、赤尾にいたっては一寸したドンファンで、山脇、跡見、ヤカタ（東京女学館）の高校生にかたっぱしから手を付けていた。しかも何故だか良くモテた。

戸村だけは一寸毛色がちがった。彼だけは女には目もくれず、勉強一筋、顕微鏡ばかりのぞいていた。

それでも彼らは神聖な土蔵には絶対女を引き入れなかった。

土蔵で語られるのは音楽のこと、哲学のこ

と、そして将来のことだった。

彼らの歯車に狂いが生じたのは、赤尾が自分の捨てた女二宮涼子を、堅物戸村に押しつけてからである。

戸村は涼子に激しく恋をした。

ところが涼子にはかねてから抱いていた大きな青春の野望があった。

そのきっかけはアフリカを襲っている世界的飢餓の惨状を救うべく、オードリー・ヘプバーンが自らユニセフの活動に身を投じたことである。そのことに刺激された二宮涼子は、青年海外協力隊に参加し、自らもその社会活動に身を投じようとしていた。

戸村と涼子の恋は進行したが、涼子の決意は変らなかった。

3年の約束で涼子はアフリカへ旅立った。

二人の恋は遠距離恋愛の中で逆に燃えたが、その間に戸村は世界の飢餓の深刻な状況を涼子の手紙でつぶさに知った。

涼子が漸《ようや》く帰国の期限を迎えた日、戸村は心を躍らせて次の火曜日のオペラの切符をとり、その日こそプロポーズしようと心に決めて、涼子の帰国の日を指折り数えて待った。

だが、その日は残酷な一報で絶たれた。ザンビアに発生した暴徒の襲撃で二宮涼子はその生命をうばわれたのである。

戸村のショックは見るも無惨なものだった。

彼は誰とも口をきかなくなり、研究室に一人こもった。

電話の音が遠くで鳴っている。

もう午前1時を廻っている。

三郎は渋々電話をとった。

「高橋三郎さんでいらっしゃいますか」

男の声がいきなり云った。

「深夜、申し訳ありません。私、厚労省の疫学調査特別班、内海と申します。ヒジカタ商事の高橋三郎さんですね」

「そうです」

「一つおたずねいたします。昨日3月31日、アメリカン航空１２６便でサンフランシスコから帰国されましたね」

「――ハイ」

相手は一寸間をとった。

「オプロンという伝染病を御存知でしょうか」

「オプロン？」

「最近南米で新たに発生し出した、コロナを超える強烈な伝染病です」

「――」

「実はあなたの座られていたビジネスクラスの隣の席6-Aにのっていた方が、到着後31日の深夜にその症状を発症し、ＩＣＵに隔離されました。あなたはそのオプロンの濃厚接触者ということになります」

（2）

新型感染症〝オプロン〟の噂は彼もかすかにアメリカで聞いていた。

コロナよりむしろＨＩＶに近い。接触感染

が主流であり、その感染力は超弩級《ちょうどきゅう》のもので、感染症というより、風土病ではないかという説もありその死亡率は60%を超えているという噂があった。

あわてた彼は現在順宝堂医科大学病院の副院長である上月五郎を電話で叩き起こし、突如勃発した事情を告げた。31日に秘かに逢った土方会長と、るいママ 九条あけみのことも告げた。

おどろいた上月は、すぐさま、厚労省の根津という男に連絡をとり、順宝堂分院の特別室を確保してくれ、こういう時頼りになる赤尾に連絡し、既に接触した妻と娘の為には同院お茶の水の隔離病棟に部屋を確保してくれた。

厚労省さし廻しの救急車がすぐ来て、一家三人は、アッという間にバラバラに隔離された。

翌朝一番で厚労省特別班 根津が三郎の元に到着した。彼の取調べは相当に厳しいものだった。

彼は三郎が3月31日関空着のアメリカン航空で帰国したことを既につかんでおり、その便の同乗者に既に連絡をつけていた。

その根津に対して、彼は懸命に、一日早めた到着のことを周囲には伏せて欲しいことを懇願した。そして、土方会長に密会したこと、京都でるいママと逢ったことだけは、根津にも云わなかった。

上月か赤尾にそのアリバイ工作について、

もっとくわしく相談せねば、と懸命に頭をまとめようとした。

直後。三郎を突然悪寒が襲った。

体温が38度9分まで急上昇した。

あらゆるものが突然蒼く見えた。

部屋中のものが全て。ベッドも窓も、看護師も、根津も、かけつけた上月も真蒼《まつさお》だった。

感染してますね、と根津が云った。

「オプロンの症状の特徴として、全てが蒼く見えるらしいンです」

この朝ヒジカタ商事では高橋三郎が出社してこないことで一寸した騒ぎが起こっていた。

三郎の自宅に連絡しても、誰も電話に出てこなかった。

三郎の部下 山形良一が石黒常務にこっそり呼ばれた。石黒が小声で山形に云った。

「これは極秘の話なンだが。銀座のるいママが救急車で運ばれた。どうも何かの感染症にかかったらしい。

例のオプロンじゃなきゃいいがと思っとるンだが、ただ、どこから移されたのか判らんらしいンだ。実は――。絶対人に云うなよ」

石黒の目が急に気弱に光った。

「ゆうべ、わし、実はあのママと一発やっとるンだ」

「――」

「ひょっとしてわしにも移っとるだろうか」

「――!!」

南米で発生した新感染症 オプロンの突然

の爆発的クラスターが、南米から世界に拡がりかけているというＣＮＮの急報が、ＮＨＫのニュースで報じられた。

関西の財界の某重鎮がそれに感染して隔離されたらしいという未確認の情報がマスコミの間でかけ巡った。

　イギリスＢＢＣの報道では、今度の感染症ウイルスが地球温暖化によって溶解した永久凍土から出現したものではないかという説が流された。

　ＢＢＣニュースは又、今回のオプロンの感染がＨＩＶと酷似して、接触感染で拡がるということ。症状としては全てが蒼く見えるという特徴があることを告げていた。

　その夕方、ヒジカタ東京本社に、衝撃の急報がもたらされた。

　土方会長が死亡したという報せである。

　その血液からオプロンウイルスが確認されたが、その感染経路は全く不明のままだった。

（3）

　高橋三郎は熱にうかされていた。

　39度8分。呼吸が苦しく、ＩＣＵに移された彼は一切の思考が中断していた。

　全てが蒼の世界だった。

　その真蒼な病室の隅にさっきから一人の女の姿が見えた。

　若く、髪の長い美しい女。

　エ？

　涼子ちゃん？

あんた——二宮涼子ちゃん？

二宮涼子の亡霊が立っていた。

そしてその後ろで何故か一人の若い京大の学生が笑っていた。

中尾竜一。

娘のみどりが連れてきて、冷たくあしらった交際相手だった。

あんな憎たらしい若僧に、可愛い娘をとられてたまるか！

蒼の世界の中で彼は叫んだ。

その日赤尾と石黒は夫々信頼すべき筋の情報から、青天《せいてん》の霹靂《へきれき》のニュースをきかされた。

中国新華社通信によれば、中国国営企業「黄山」が、アフリカ・ザイールに大規模な藍藻牧場を作り、人間と家畜の糞尿を基にシアノバクテリアを養殖して未来食の為の巨大な食糧基地を稼働し始めるという。

それは戸村、三郎、そして赤尾らが計画していた「マナ・プロジェクト」に酷似していた。

石黒は頭がクラクラした。

全身を悪寒が走り、高熱を発して全ての事物が蒼く変った。

石黒常務は救急車で運ばれた。

彼はオプロンを発症していた。

赤尾は北京支局からこの「黄山」の計画が習近平肝入りで、中国共産党が3年前から秘かにすすめていたとの情報を知った。

それは飢餓に苦しむ北朝鮮と、アフリカ大

陸民の救済の為でもあり、又中国の進める一帯一路計画の一環でもあった。

ワシントン支局から緊急電が入り「黄山」のことでアメリカ・パイン社が激怒してヒジカタとデンコーに詳細を説明せよと云ってきた。

（４）

その日の各紙の主要紙面は、藍藻と糞尿による食糧革命の記事と、新型感染症オプロンの日本上陸の記事で、経済面までほとんどを使っていた。

既に物故した細菌学者中村博士が、かつてＮＡＳＡの要請を受けて、１９７０年アリゾナの砂漠で一人テントにこもり、緑藻クロレラと自分の排泄物だけで３ヶ月生き抜いたという伝説的逸話。ＮＡＳＡは宇宙計画の食糧対策としてこの実験を依頼したのだが、それから50年、中村博士の後輩にあたる東大細菌研の戸村草平准教授がその研究をコツコツと受けつぎ、クロレラに代るスピルリナを用いて、世界中から放出される、無限ともいえる排泄物を何と、食糧資源に一転させるという突拍子もない実験を、殆んど成功させていた。

それはアメリカのＩＴ企業の旗手パイン社をバックに、既に実現段階に入り、カリフォルニアの広大な砂漠地帯に巨大なプラントを作ろうとしていた。

折も折。

思いもかけなかった中国国営企業「黄山」が、全く似たような発想で、シアノバクテリアを原料とした巨大食糧基地を、南アフリカで将に来月から稼働するという。

　しかもこっちは習近平率いる中国共産党の直営事業で、一帯一路の一環としてアフリカの何百万という飢餓人口を救おうという大名目をかかげていた。

　西側自由主義陣営の革命的大事業が共産主義陣営に先を越されてしまったのか、それとも西側の極秘計画が東側に巧みに盗まれてしまったのか。

　一方新型ウイルスオプロンのニュースは、世界を震撼《しんかん》させていた。

　南米から始まったその流行は怒濤《どとう》のように中東に流れこみ、インドから中国、そして南半球へも飛行機なみのスピードで広まりつつあり、戦争に匹敵する死者の数を出した。

　ヒジカタとデンコーはそれどころではなかった。

　マナ計画が東側陣営に先を越されていた！　盗まれた！　としか考えようがなかった。

　十数年を掛け、隠密に進められたこの企画が、一体どこで盗まれたのか。

　当事者である高橋三郎が、ＩＣＵに収容され誰も面会することすらできない。おまけにこの計画の指揮官である土方会長が死んでしまった。

　ヒジカタ内部はパニックになっていた。

　アメリカのパイン社、日本のオプト製薬から契約違反の抗議が猛然と来た。

殊に、このプロジェクトに巨額の資金を投入したオプト製薬は、その屋台骨が崩れる程の損害を出す可能性があった。

　そのことは、今年度末に迫った順宝堂医大病院の院長選挙に出馬しようとしていた上月五郎にとって、その巨額の選挙資金をバックアップしてくれる筈のオプト製薬という大スポンサーを失うことになる。上月五郎も蒼ざめていた。

　無論、赤尾も蒼白だった。

　彼は上層部から呼ばれ、激しい叱責を喰らっていた。

　秘密の漏洩《ろうえい》は、戸村からではないか。

　上層部はそのことを疑っていた。

　このプロジェクトが始まる以前から、戸村は世界の研究者たちとかなり親密なつき合いがあったし、このテーマでの講演会に世界各地から何度も呼ばれていた。同業科学者に、彼のシンパ・友人はいっぱいいた。その線からこの企画が洩《も》れ、中国がそこに喰いこんだのではないか。

　だが、問いつめたが戸村はビクともしなかった。

　彼は笑って赤尾に云った。

　どこがやろうと良いではないか。

人が救われるならそれでいいじゃないか。

人道の為の事業じゃないのか。

学究戸村は浮世ばなれしていた。

戸村はそれより三郎を心配した。三郎は本当に助かるのか。そのことをひたすら心配していた。

三郎の症状は変らなかった。

石黒常務はかなり悪かった。

そして、るいママ 九条あけみが、この日病院で息を引きとった。

その頃。

ヒジカタの食糧戦略部は、内閣情報局と連絡をとり、この国家的機密漏洩事件に近頃しばしば話題にのぼる国際ハッカー集団が関与しているらしいことを突きとめていた。

どこの国の集団か判らなかった。

その集団は「ルウィナ」と名乗っていた。

だが。

その集団が何と日本の京都を本拠とする京大生のグループであるとは誰も夢にも思っていなかった。そして——

そのグループの中心に、実は高橋三郎の娘みどりの恋人、中尾竜一の姿があった。

（5）

三郎は少しずつ快方に向かっていた。それでも依然ＩＣＵにいた。

ＩＣＵにはテレビも新聞もない。だから世の中がどうなっているのか三郎にはさっぱり判らなかった。大体まだ三郎には、物を識《し》ろうとする気力がなかった。

防護服を着て、連日様子を診に来てくれる上月五郎が彼の唯一の世間への窓口だったが、上月も今の三郎に対し、余計な情報は話さなかった。大体三郎には上月の姿が未だに蒼く光って見えたのだ。

その上月がその日三郎に初めて伝えた。

「土方会長が亡くなったぞ」

「エ？」

「お前からオプロンをもらったンだ」

「エ？」

三郎を呼吸困難が襲った。

上月の姿が濃い蒼に変った。

BBCがスクープした新しい情報が翌日世界をかけめぐった。

ロシア極北部レナ川の河口地区に巨大なプラントが作られつつある。

北極海に面した沿岸地区に出来つつあるその広大なプラントは、どうやらこの度中国が発表した「黄山」プラントと類似のもので、シアノバクテリア系の藻類を原材料とし、糞尿を再生して食糧生産を行なう「食糧革命」の一大基地であるらしい。

そしてこのプロジェクトにはロシア政府と日本の企業が絡んでいるらしい。

という極めてショッキングな情報であった。

この情報に誰より驚愕したのは、デンコーの幹部たちと赤尾だった。

これまでこうした海外プロジェクトには、日本のそうした巨大事業を一手に引受け、敵対するものの全くいなかった総合広告代理店デンコーが常にからんで来ていた。そのデンコーの全く知らぬうちに今回のプロジェクトは進行していた。

一体誰がいつ、このプロジェクトを進めていたのか。

デンコーはあらゆる情報網と人脈を使って今回のプロジェクトの背後を探った。

するとその裏に、かつて政界の黒幕といわれ、ここ20年表舞台から姿を消していた三角公次郎の名が浮き上ってきた。

三角は今も日ロ友好協会の名誉会長であり、北極航路推進委員長であり、ロシアとのパイプは極めて太く、フルシチョフ、プーチンとも直接話せ、しかも、おどろいたことに、オプロンで死んだ土方会長とは刎頸《ふんけい》の友といわれる仲だった。

更には最近めきめきと力をつけてきた日本のIT系の新興総合広告代理店「ハンガイ」がこのロシアのプロジェクトにからんでいることまで突きとめた。

ハンガイが無敵のデンコーの牙城《がじょう》に遂に闘いを挑んできたのか。

敵の巨大さに赤尾は戦慄した。

ICUで高橋三郎は蒼い世界をさまよっていた。

三郎は蒼い夢の中にいた。

神楽坂藁棚の土蔵のかくれ家。

赤尾がピアノを弾いている。

上月と三郎が映画を見ている。

古い、なつかしいフランス映画。

突然、戸村が入ってきた。

戸村は不思議な顔をしていた。

半分泣いたような、笑ったような。

「どうした」

「今、テレビのニュースでやってたンだよ。アフリカ、ザンビアの孤児収容所に暴徒が雪崩《なだ》れこんで、いきなり機関銃を乱射したっていうンだ。青年海外協力隊員が撃たれた。その中に――二宮涼子の名前があったンだ」

二宮涼子の映像がかすめる。

孤児にパンをやる涼子。

音楽喫茶「タクト」に坐ってオペラをきいていた涼子。

戸村を待って、藁棚荘の前に立っていた涼子。

飢えた孤児を抱き、スープを飲ませている涼子。

戸村がいきなり泣き崩れた。

三人の男は呆然と立っていた。

（6）

高橋三郎の蒼い夢はつづいている。

涼子の突然の死の報を受けた戸村草平の当時の姿である。

彼は毎日土蔵のかくれ家で、一人レコードでオペラをきいていた。

涼子の残した最後の手紙を、いつも手の中ににぎりしめていた。

「ゴメンナサイ。私、アフリカへ行キマス。帰ッテクルマデ私ノコトハ忘レテ下サイ」

戸村草平は涙をためている。

「豊カナ日本デ、豊カニ暮シテル自分ガ、ドウシテモユルセナクナッテシマッタノ。明ルイ灯ノ下デオンガクヲキキ、オナカイッパイニタベテル自分ガ。世界ニハ飢エテ死ニソウナ人ガ、何十万モ何百万モイルノニ」

戸村草平は半分こわれていた。

熱が少しおさまり、呼吸が少し楽になると、三郎は辛うじて意識をとり戻しあの頃の戸村の姿を思い出す。

彼がかくれ家に来なくなり、大学の研究室にこもりっ切りで、狂ったようにクロレラ――スピルリナの研究にとり組み始めたのは、あれから半年程たってからだ。

世界を歩き、藻を採取して、それを培養する日々がつづいていた。

3年、5年、――8年、――10年。

排泄物を藻のエサとして、食糧を生産するという彼の研究は、最初学会で笑いの種になった。

あれは何年たったころだったか。

スウェーデンの学会に招かれて彼は初めて講演をした。

最初学者たちは笑ったらしい。

しかし途中から笑わなくなった。

講演が終わったとき、スタンディングオベーションが湧きおこったそうだ。

そのころからだ。

世界各地から彼の所にポツポツ講演の依頼が舞い込み始めたのは。

アメリカ航空宇宙局。

中国未来食糧会議。

ロシア、ツンドラ開発部。

そしてアメリカのＩＴ企業の雄、パイン社ＣＥＯダン・ミラーから「デンコー」を通じて、ワシントンへの招聘《しょうへい》依頼が来た。

その話をきいて高橋三郎は、いきなり巨大な何かを感じた。

赤尾も同じ予感を持ったらしい。

三郎と赤尾は戸村についてワシントンのパイン社に一緒にのりこんだ。

あの時からだ。「未来の食糧革命」というこのプロジェクトが動き出したのは。

三郎はこの件を、チャンスをつかんで直接土方会長に伝えた。

何も云わずにきいていた会長は、しばらく黙り、それから云った。

「この件は務台以外の誰にも云うな。特任事業としてお前だけの機密にしろ」

あそこから全てが始まったのだ。

２０１０年冬1月。

高橋三郎41才のことである。

翌年彼は務台に呼ばれ、食品部特任部長を拝命した。組織上石黒常務直属の部下だったが、このことは石黒にも伏せろと言われた。

その日赤尾は久しぶりに、藁棚荘の土蔵で一人で飲んでいた。

上月五郎と待ち合わせていた。

今日彼は再び戸村を訪ね、誰に洩らしたかを追及した。

誰でもいゝじゃないかと戸村は笑った。

飢えてる人間を救えるンだ。それで充分だろうと、戸村は云った。

「それより――」

と戸村は話を切り換えた。

「三郎のとっつかれたオプロンウイルスの正体を探ってるンだ。物が青く見える原因は何か。人は目から入ってくる光によって色というものを認識する。目の奥にある網膜には暗い所で働く桿体《かんたい》と明るい所で働く錐体《すいたい》の、二つの種類の視細胞がある。そのうち桿体は明暗の、錐体は色彩の感覚をもたらす。錐体にはＬ、Ｍ、Ｓと三種のものがあり、Ｌは長波長付近の光（赤）、Ｍは中波長付近の光（緑）、Ｓは短波長付近の光（青）に高感度で反応する視物質を持っている。ウイルス感染の症状として色覚異常が起こるとするなら、『自己免疫疾患』という病気が該当すると思われる。

何らかの理由で本来自分を守る筈の免疫系に異常が生じ、自身の正常な細胞や組織をなぜか『敵』と認識して攻撃してしまう病気だ。

ウイルス感染により自己免疫疾患となり、Ｌ錐体とＭ錐体を欠損することになれば青の見えるＳ錐体だけが残り、世界が青く見えることになる」

「難しいはなしをオレにしないでくれ。それより」

上月五郎が入って来た。

上月もげっそり憔悴《しょうすい》していた。

「オプトの社長につかまって泣きつかれた。プロジェクトは一体どうするつもりだ。このまゝ消滅させちまうのか」

「――」

「そしたら院長選挙はもうお手あげだ」

「――」

赤尾はぼんやり考えていた。

戸村というあのバカをどう扱ったらいいのか。

あいつはプロジェクトを立上げた時から、自分のとるべき特許権、報酬、すべてのものを要らんと断ってきた。

人命を救えるならオレはそれで良いンだと。金なンて要らない。そんなことの為にオレはやってるンじゃないよ。

オレは飢えた人類の為に——そのことに殉じて命を落した、涼子の為にやってるンだから。

（7）

オプロンは爆発し、既に10万人の感染者を出していた。関西では既に医療崩壊が始っていた。

土方会長 死亡。

るいのママ 死亡。

石黒常務 一昨日死亡。

しかし高橋三郎は悪運強く、何とか危機的状態をのりこえ、今日、15日ぶりに一般病棟に戻された。

世界はまだ半分蒼く見えていたが、その蒼も前よりは大分薄れてきていた。

一般病棟である特別室に戻った三郎は、部屋に残して来たノートパソコンを開いた。メールがいっぱいたまっていた。

この15日間、意識のとんでいた間の出来事が、おどろくべき量でそこにつまっていた。

土方会長の死。

中国「黄山」のプロジェクトの発表。

パイン社の怒り。

オプト製薬の悲鳴。

そしてロシア ツンドラ開発部のプロジェクトの発表。

三郎が意識を半分失っている間に、事態は激烈に転換していた。

メールの中に山形良一のものがあり
「緊急！　マナ・プロジェクトが中国・ロシアに洩れたのは、ハッカー集団『ルウィナ』なるものの仕業であることが判りました。ルウィナの実態については、現在インターポールとデジタル省が調査中です」

とあった。

高橋三郎は凍りついた。


「藍藻と排泄物による食糧革命」

という戸村草平の緊急論文が世界で最も権威ある「ＥＡＲＴＨ」誌の巻頭に発表されたのは、それから一週間たった月曜の朝である。

故中村博士の研究から書き起こしたこの論文は、人の排泄物を食糧に転換するシアノバクテリアの驚異的な力と、それが今人口爆発による地球の飢餓を解決する巨大な福音になり得る可能性を説き、科学者のみならず政財界を含む世界中の人をアッと云わせた。

特に戸村がその論文の最後に加えた、

「このような重大な発明発見を、国家や一企業が己れの営利の為に独占することは断じて許すべからざるものであり、これこそ神がモーゼに下されたマナの如く天から人への贈り物として、全人類が共有すべきものである」

という一節が、思いもかけぬ万雷の拍手で世界に迎えられた。

これに真先に反応したのがアメリカ・パイン社のCEOダン・ミラーだった。彼はヒジカタにすぐ連絡し、マナ・プロジェクトの継続を告げた。

オプト製薬もこれに倣《なら》った。

上月五郎は救われた。

中国科学省、ロシア　ツンドラ開発部からも、異常な世間の反応におどろいたか次々に賛同、協力の意を表明して来た。

かくて、少しずつ方法はちがっても、故中村博士から戸村の引きついだ世界食糧革命は、実現への軌道を歩み始めたのだ。

それから3ヶ月後。

上月、赤尾、高橋三郎。

三人の男が久しぶりに、藁棚荘の土蔵のかくれ家に明るい顔を揃えていた。

今日ロシアから帰国する戸村を彼らはここで待っていた。

戸村はロシア北極海沿岸で、温暖化によって溶解する地中から出現したらしい新種のシアノバクテリア採取の為に、ここ一ヶ月ツンドラと格闘していたのだ。

扉が開いて戸村が入ってきた。

戸村は陽灼《ひや》けして真黒だった。

「おかえり」

「おつかれ」

「収穫はあったか」

「あゝ」

戸村は何か良い収穫があったらしい。

久しぶりに彼の顔は明るかった。

「話は後だ。乾盃しよう」

四人は酒をつぎグラスを上げた。

「終ったな、とにかく」

「まァいい結果といえるんじゃないか」

戸村がリュックをゴソゴソ探った。

そして一つの額と封筒をとり出した。

「何だそれは」

「こいつのおかげでオレはがんばれた。こいつの為に乾盃してやってくれ」

小さな額の中で二宮涼子が笑っていた。

三人の男はしんとなった。

「パバロッティが何かあったろう」

上月がラックからパバロッティのレコードを出し、プレーヤーにかけた。

「これでカタがついた。オレは忘れられる。ありがとう涼子」

戸村は封筒から二枚の古いチケットをとり出した。

それは涼子と行く筈だったパバロッティのリサイタルのチケットだった。

戸村はライターを出し、チケットに火をつけた。

火曜日のオペラのチケットが二枚、土蔵の中でメラメラと燃えた。

パバロッティのテノールが、室内いっぱいにひびいている――

（了）

第4章

ドラマは化学反応である

――人物と背景

ドラマを動かすもの、それは登場人物である。彼らが何らかの行動をすることによって、物語（ストーリー）が生まれるからだ。それは恋愛ドラマでも刑事ドラマでも変わらない。登場人物の造形はシナリオ創りの要《かなめ》と言えるだろう。

シナリオ創りのスケジュール

シナリオの完成までには様々な過程がある。倉本の場合、どのような流れになっているのか。

この前、一つの物語を発想してから、どのぐらいの日数で書けるかってことを計算してみたらね、まず着想・発想に15日くらいはかかるんですよ。
プロデューサーと話していてパッと着想すれば、それは1日で済む。でも、それを広げていって、きちんとしたストーリーに持っていくのに15日はかかります。それから、登場人物たちの造形に30日は必要かな。

そして構成ですね、全体のドラマの。人物配置であるとか。これに10日間。で、執筆は、単発だったら7日。

でも、そこまでは長いでしょ？　つまり、しっかり基礎固めをしておくと、後が楽なんです。一番時間がかかるのは人物。結局、ドラマを動かすのは人なんですよね。大事なのは人間の構築です。

シナリオとして書き始めるまでの準備が完璧だとしても、7日で執筆というのは天才的な速さだ。

ドラマは化学反応

徹底的に人を探るということから始めないとダメだということに気づいたのは、だいぶ遅いんですよ。一番ヒントになったのは、大滝さんだと思う。

大滝さんとは、『北の国から』や『うちのホンカン』シリーズ（1975～81年、北海道放送制作・TBS系）などで名演を見せてくれた俳優、大滝秀治《ひでじ》のことだ。

役者が自分の役を掘り下げるときにどうするかってことを、飲みながら訊いたんです。そしたら、「自分が演じる人物はどんな家庭に生まれて、どう育って、これまでどんな体験をして、何を思いながら生きてきた男なんだろうって考える」って言うんですよ。「そうか、役者ってそういう掘り下げ方をするのか」と目が覚めましたね。

ドラマの中には、違った経歴とか性格とか思想を持った人間がいっぱい出てくるわけじゃないですか。そんな人間同士が出会ったとき、化学反応が起こりますよね。その化学反応がドラマなんです。

かつて富良野塾で、ライター志望の7、8人を相手に「焚き火講義」ってのをやりました。ライターにものを教えるってとても難しいんですけど、冬に雪の中で焚き火をして、その火を見つめながら話をした。

そのときにね、「たとえば、ここに1本の綺麗な木があるだろ。この木をさ、綺麗だからってピュッと根本から切って自分の家の庭に植えようと思っても、植わんないじゃないか。倒れちゃう。なぜかって、木は本来、根っこを張ってるから倒れないわけだよ」と。

じゃあ、この木が一つのドラマだとするならば、根っこというのは人間であり、登場人物である。その根っこと根っこが、どこかで会うとしたら、異質の根っこと異質の根っこが――異質って言い方は変なんだけど――出会ったときに、何かしら化学反応というのが起こるはずで、この化学反応がね、ドラマを生むんだね。

なぜ、化学反応って言い方を思いついたかって言うと、アメリカのスタジオ、つまり演劇教室。そこの先生たちが、ときどき「ケミストリー」って言葉を使う。「今の芝居にはケミストリーがなかった」とかね。でも最初、なんでケミストリーが出てくるのかなって、ちょっと分からなかった。ある日、ケミストリーを化学反応という言葉に置き換えてみたら、なんか、分かった気がしたんだ。

確かに、男と女が出会ったとき、恋愛するとさ、必ずどっちかが影響されて、どっちかに近寄ろうとしたり、なんか性格が変わっちゃったりするよね。これはやっぱり化学反応だと思うんだ。

で、その男と別れて、別の男と一緒になると、また新しい化学反応を起こしちゃう。その化学反応の増大したものが、ドラマを支えてるんじゃないかって。ときには爆発するような、また劇薬的な化学反応もあるしね。

ドラマは人間同士の「化学反応」である。これは倉本ドラマの根本思想だ。それによって生じる人間の「変化」が、物語の大きなキーポイントとなる。

人物の配置

ドラマには主人公だけでなく、複数の人物が登場する。その関係性やバランスを、どのように考えているのか。

人物の配置について僕がいつも考えるのは、役者の陽と陰ってことなんです。たとえば長嶋茂雄は陽だし、王貞治は陰でしょ？　高倉健さんが陰で、石原裕次郎って陽ですよね。その陽と陰というのをうまくばらまかないと、ドラマ全体が暗くなったり、浅くなっちゃったりする。

この配分ってけっこう大事で、全体の構成を始めるときに、登場人物が陽の人間なのか陰の人間なのか、考えますね。ただ、いかに役の上で陽を作っても、陰の役者がやると陰になっちゃう（笑）。

陰陽の要素って、役柄よりも強いんですよ。『あにき』のときの（高倉）健さんは、割と陽に持ってこれたんです。それから田中邦衛さんも陰なんですよね、本来。でも、『北の国から』では陽に持ってってたでしょ？　そういうこともできないことはないんだけど、やっぱり本来人間が持ってるものがありますよね。

だからね、『北の国から』のときに弱ったのは、邦さんが陰で、純と螢《ほたる》もやっぱり陰系なんですよ。すると、主要人物にこれだけ暗い連中が揃ったら、話全体が暗くならないかっていう不安があった。それで、周りに徹底的に陽を置いてみた。岩城（滉一）の草太を置いて、（いしだ）あゆみちゃんの令子を置いて、（竹下）景子ちゃんの雪子を置いて、周りを陽で固めた。これって、けっこう大事なんです。

石原軍団なんて陽の人間の集まりですよ。（石原）裕次郎はもちろん陽だし、渡（哲也）もけっこう陽でしょ？　あいつちょっと複雑で、陰にも見えるんだけど、本来、陽なんです。舘（ひろし）は最近変わってきたけど本来徹底的な陽ですよね。その陽と陰のバランスというのを考えないといけないわけで。裕次郎と渡が共演した『大都会　闘いの日々』（76年、日本テレビ系）のときも、相当意識しましたね。

登場人物の作り方

基本的にドラマの登場人物は架空の存在だ。キャラクターも書き手が自由に設定できる。しかし、そこには人間としてのリアリティがなくてはならない。倉本は登場人物たちを、いかにして生み出しているのだろう。

実は、人物の作り方ってのがあるんですよ。そのコツを今、お教えしようと思うんだけど。これは僕だけのやり方ですけどね、三つの要素から人物を作ってます。一つはモデルです。頭の中に、登場人物のイメージのモデルとして、ある実在の人がいる。これが3分の1。それから、演じる役者というものがいますね。その役を室田日出男が演じるんだったら、室田という役者の存在が3分の1。あと残りの3分の1は自分の創作です。

この3分の1の比率のどこを増やすか、どこを減らすかっていうふうに変えていきます。

三要素は均等ではなく、登場人物によって比率を変えていくのだ。極端な場合、9割がモデルということもあるのではないか。

ありますね。『前略おふくろ様』の場合なんかでいうと、ショーケン（萩原健一）、（桃井）かおり、室田（日出男）、川谷（拓三）というのは演者の存在が面白過ぎて、70パーセントぐらい役者に頼っちゃいました。

かおりと飲んでると、あいつは言葉が面白いんですよ。「なんか今日しょんぼりしてるな、お前。どうしたんだ」と訊くと、「うん。しんと寂しい花盛りって感じ」なんて言うんだよね。そういうフレーズがめちゃくちゃうまいの、かおりは。もうそれ、そのままシナリオで使っちゃう（笑）。「しんと寂しい花盛り」、いいでしょ？　こんなこと、並みの詩人には言えませんよ。

主な登場人物には必ず名前がある。架空の人間が持つ架空の名前。倉本はどうやって決めているのだろう。

大事ですね。すべての名前が大事です。まず、書きやすいことね。書く時間がかからないような名前がいい。坂本九がやった役に、「一《はじめ》」と命名したことがある（笑）。大河の『勝海舟』（74年）のとき、勝の名前は若い頃、麟太郎《りんたろう》だったでしょ？　手書きで「麟」の字は大変なんだ。困って「りん」と書きました。

それからね、ドラマに登場するのは架空の人物だけど、簡単に、どこかで手ごろな名前を拾ってきてはいけない。役者を思い浮かべて、ちゃんと考えるべきです。

女性名で、今もいいなと思っているのが、『前略おふくろ様』で桃井かおりがやった「海《うみ》」ですね。海という名前だからこそ、出てくる台詞がある。たとえば、よし子ではその台詞は出てこなかったりする。名前は人物に色を塗ったり、色を足すものであったりするから大事なんです。

先祖と家系

それからね、登場人物たちの履歴を作りますね。ここにあるんですけど、『北の国から』のものです。日本は家系図みたいに上から下に書くんですね、履歴を。海外はね、ファミリー・ツリーっていって下から上へ書くんですよ。

登場人物の履歴どころか、家系のことまで考えているのだ。『北の国から』でも、黒板五郎から3代以上も遡《さかのぼ》ったのかもしれない。

考えてましたね。だから、いつか五郎のご先祖たちの物語をやろうって思ってた。あったんです、『北の国から1900』の構想が。

黒板一家の、先々代の黒板五郎のお爺さんが、淡路島を所有していた稲田家の家臣で、侍だった。そこで稲田事件というのがあって、稲田家が淡路島から追放されるんですよ、廃藩置県のときにね。蜂須賀家の画策で、北海道に流される。それが静内《しずない》に来た。黒板一家も一緒に来ちゃったんですね。

来ちゃったところに、白浜家というのが同じ森の下流に住んでいて、ここに志野という娘がいた。黒板家には音松という末の子どもがいるんだけど、この両家が水争いで揉めるんですよ、1本の沢を巡って。めちゃくちゃ仲が悪くなる。その中で音松と志野というのが恋をしちゃう。

それで、2人の間に子どもが出来る。で、この子が小森家ってとこの梅っていうのと一緒になって子どもを作って、という具合につながっていって、やがて五郎が出てくるんです。

その五郎と宮前家の令子が結びついて純と螢が出来るわけでしょ？　こういうふうにしていくと、草太の北村家も黒板家の親戚だから、途中で出てくる。

こういうのを全部こさえていくと、何がいいかと言えば、この歴史の中からね、ドラマの発想源の残り火が出てくるのね。つまり物語の要素を生み出す、新しい苗床《なえどこ》になってくるんですよ。

もう一つ、苗床の重要な作り方があって、それは先天的なもの、つまり生誕時の星座と血液型を置くんです。血液型と星座の組み合わせが参考になりますよね。

「苗床」という言葉が象徴するように、シナリオ創りは農業でもあったのだ。しかも架空の人物にもかかわらず、誕生日や血液型まで全部決めている。

うん、決めるの。そうすると、こいつはA型で、こいつはO型。タイプが違うわけです。これはけっこう考えますね。

ずっと後のことですけど、NHKで僕の『ファミリーヒストリー』ってのを、やられたことがあるんですよ。まさか自分の一族の過去を見るとは思わなかったけど（笑）。そのとき、NHKってやっぱりすげえなと思った。

戸籍謄本を18ぐらい取っていきましたよ。岡山のほうとか、僕の知らない親戚をずっと訪ね歩いて。なるほどと思ったんだよね。こうやって人間の元をたどるというか、ルーツまで遡ることで、ドラマの材料っていくらでも出てくるじゃないですか。

時間的履歴

履歴には、「時間的履歴」と「空間的履歴」の2種類があります。まず時間的履歴ですが、大きく三つになるんですね。一つ目が時代を遡って、その人が生まれたときから、今に至るまでの「大過去」。

それから、「中過去」というのがあるんですね。これは、ここ5、6年の履歴です。そして最後が「近過去」。これは昨日今日の履歴ですね。その人物が今朝、女房と何か諍《いさか》いがあったとすれば、彼は機嫌が悪いわけですよ。

逆に、昨日の夜、女房と非常にいい関係になったということであれば、気分はハッピーですよね。こういうことが、今日の彼にものすごく影響してくるわけで。大過去、中過去、近過去と全部考えないと、誤った脚本になると思う。

　昨日今日の近過去だけじゃなく、中過去や大過去まで作り込むと、リアリティが生まれるというか、厚みのある人物になる。

　この時間的履歴を作るときにね、絶対記入すべき必須事項があるのね。それは、自分が心の中で加害者として、あるいは被害者として記憶から消えない事件を書くこと。たとえば、童貞・処女の喪失、この時期は必ず書く。さらに家族の死、友人・知人の死、病歴、住居の移転、こういう人生の節目や転機となった出来事は絶対外しちゃいけません。

たとえば、ある登場人物が商家で育ったか、サラリーマンの家で育ったか。本人が意識していなくても、考え方や言動にあらわれてくるかもしれない。倉本は、そのことも踏まえてシナリオを書いているのだ。

空間的履歴

もう一つのほうの「空間的履歴」。これはね、登場人物が暮らしていた場所のことで、その地図を作るんです。手描きの地図を。

『北の国から』のときは、富良野だけじゃなく、黒板一家が富良野に来る前、東京に住んでた時代の地図も作りましたね。

彼らがいたのは新大久保なんです。ここが明治通りで、このアパートにいた。それで、令子さんは「ＲＥＩ」という美容院をこの辺りで営んでいたとか、その地図に描き込むわけです。

その3軒先に、伊丹十三さんが演じた吉野信次の不動産屋。五郎が働くガソリンスタンドはここ。それから純も螢も同じ小学校に通っていたけど、螢の通学路と、純の通学路は違うんです。

なぜかというと、純が歩く道には恵子ちゃんの家がある。朝、好きな恵子ちゃんに会えるかもしれないでしょ？（笑）

地図の中には五郎がよく行く中華店もあって、そこに勤める店員の久保信子という人はね、中富良野出身なんですよ。農家の三女だったりする。同郷のよしみで口を利く仲にはなるんだけど、恋愛関係までは行かない。

でも何年後かに、この中華店のお姉さんが中富良野に戻っていて、五郎が一番苦しい時代に、Ａコープで買い物してたら、ばったり会っちゃうってこともあるわけでしょ？　向こうは子どもを連れていて、「ああ、よかったね」って話がそこでできる。２人が「あの頃、新大久保は」って、どこか喫茶店で話してもいい。当時は彼にとって苦い思い出だけど、この人と会ってたことはいい思い出だったりする。

新大久保の地図に1軒の中華店を描き込んでおけば、そういうことがふっと出てくるかもしれない。地図を作るのってごく小さな作業ですが、物語の苗床ですから。後々のドラマの種ですね。困ったときにこの地図に戻ってくることができる。

種には実は2種類あって、あらかじめ作っておく種と、困ったときに戻っていって、そこで何か大事な人物を考えようじゃないかっていう作り方の種と両方あると思うのね。

よくライターが、「ストーリーの展開に困るんです」って言うんですね。それで、余計なところからまったく関係のない、第三者を連れてきて、お茶を濁そうとする。そんなことをしなくたって、人物の過去の中から探り出せば、いくらでもあるはずなのにね。

〈自筆の主要地図〉

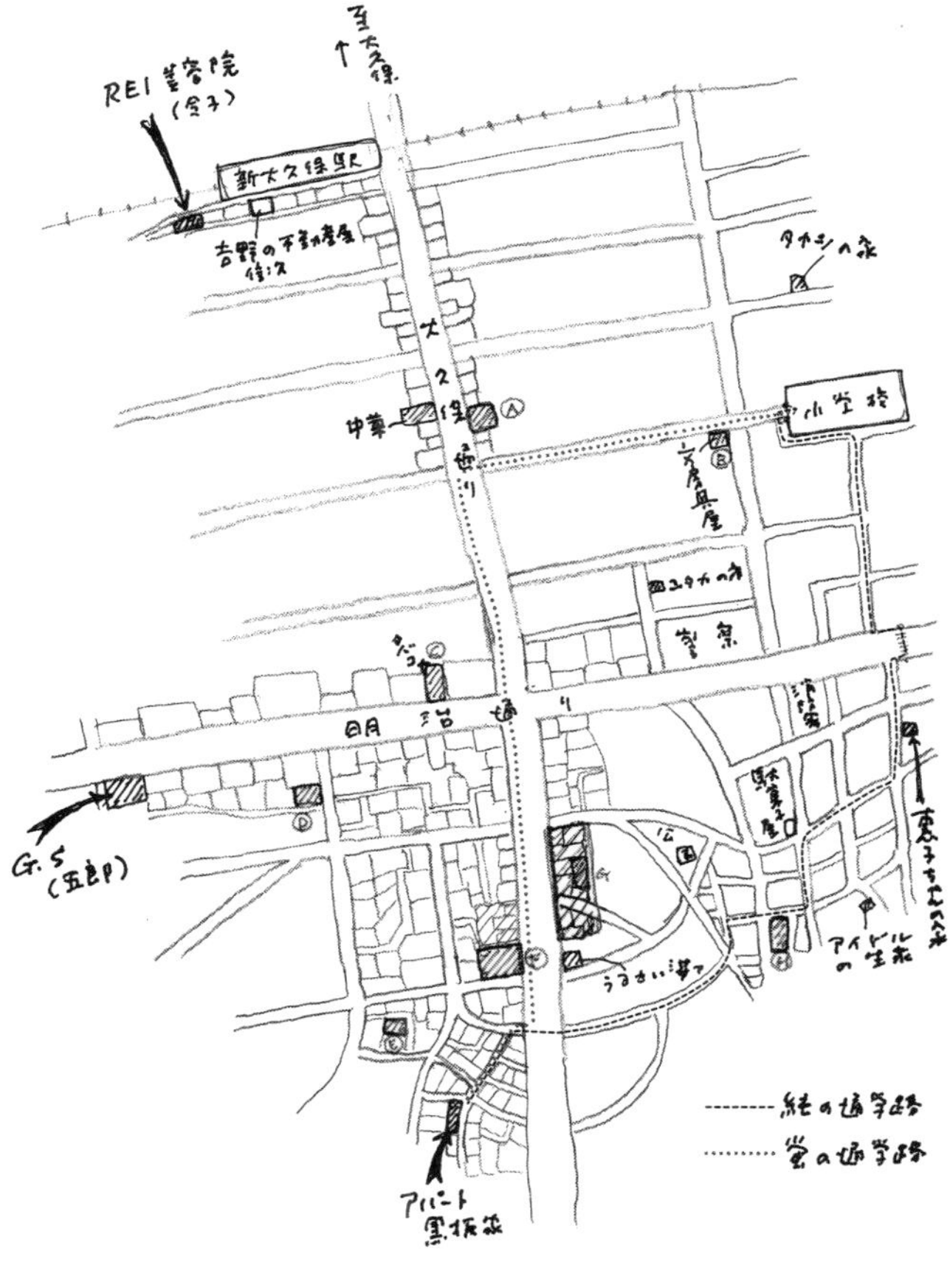

東京時代の黒板家界隈 1975

人物の造形と地図

人物像を考えていく作業の中に、この地図作りは入ってくるのだろうか。

入ります。今話したのはストーリーと無関係な、余談みたいなエピソードですよ。ほとんどが多分、無駄になるだろうと思うんですね。
でも、やがて役に立つストーリーや大事な話が、この地図の中から出てきたりもする。誰かと出会う場合も、関係のない町に設定するよりも、新大久保にしておけば過去が結びついてくるじゃないですか。

2人が新大久保の話をすることで、何か化学反応が起こるってことがあり得るでしょ？「あのビル、今はもうないよ」「え、ないの？」っていうふうな。「ちょっと行ってみたいな、あそこに」「今度行きましょうよ」なんて話にも発展させられる。

過去の東京が消えていくっていうのは今、大きなドラマですよね。東京って本当に流動的で変化してますから。だから五郎も、久保信子さんも、彼らの中にある新大久保の町並みは、今の新大久保の韓国料理屋ばっかり並んでる風景とは違うわけで。ドラマの要素って、こんな中から無尽蔵に出てくる。

みんなね、ドラマのネタに苦労するんですよ。でも、この地図さえ描いとけば、ネタに苦労しないで済む。それから、時間の履歴の中からも、関係する人物がいっぱい出てきますよね。

かつて何々小学校に通っていて、自分はその小学校の2年B組だったけど、3年A組に聡子ちゃんというすごくかわいい女の子がいて、その子に当時惚れてたんだけど、全然近寄れないぐらい綺麗な子で。

ある日、札幌の街を歩いてたら、「ちょっと、もしかして聡子ちゃん?」「え?」っていうことからドドドッと話が広がることもあるでしょ?「なんでここにいるの?」と言ったら、「ちょっと主人と別れちゃって」「本当? 俺も別れたんだ」ってことになれば(笑)、別れた同士がくっついていく話だってできるしね。

だから、ドラマのスタートって無限にあると思うんです。ただ、種を蒔いとかなくちゃいけない。少なくとも苗床を作っとかなくちゃいけない。この苗床があるかないかで、相当違うと思うんだ。

普通、ドラマのネタというと、何らかの出来事や事件をイメージする。しかし倉本の話を聞いていると、物語は全部、人物の中にあることが分かる。

そうです。人物は、過去に直接絡んでた人物とは限らない。過去に何かの引っかかりがあればいい。旭川に何とかいう病院があったとして、「私、あそこで生まれたの。あなたは？」「俺もあそこで生まれたんだ」「エ!?　ホント!?　何年？」なんていう話になりますよね。あらゆるところに結びつく種ってあると思う。

過去に遡っていったときの面白さで言うとね、僕は、昭和15、16年まで、じいさんと一緒に住んでました。この人は岡山から出て医者になって、衆議院議員までやった人なんだけど、最後は脳軟化症になって、自分が脳軟化症になった経験を論文にして、それで博士号取ったという変な人で、新聞のネタにまでなったんだけど。

考えてみると、この祖父の生まれは慶応2年なんですよ。僕は江戸時代の人と一緒に住んでたのね。おばあちゃんも慶応生まれなんです。つまり勝海舟や西郷隆盛がウロウロしてた時代の人でしょ？　歴史の本で読んでたものがさ、急にグイッと、「あの人のにおいは江戸時代のものだったのか」という感覚がありますよね。

そういうことの不思議さというか、面白さがね、人間関係の中にはいっぱいあるって気がするんだ。それを引っ張り出すには、やっぱり自分が生きた過去の姿を時間的、空間的に、あらかじめ書いておくことが大事ですよね。

でも、面倒くさいですよ（笑）。面倒くさいけど、逆に、暇なときの楽しみとしてはいい。自分で漫画を描くみたいに、随筆を書くみたいに、勝手なことが想像で描けるわけでしょ？　その都度、空想を羽ばたかせるわけだから。

そうすると、最後に作っていく大きなストーリーの中に、その小っちゃな種が飛んでくる。それが物語の作り方じゃないかなって気がする。

部屋の間取り

それから、登場人物たちが住んでる家や部屋の「間取り」も大事なんですよ。

たとえば、『拝啓、父上様』（2007年、フジテレビ系）で神楽坂を書いたことがあるけど、あのときに、ニノ（二宮和也）が自分のアパートの窓から見える家の中で、女性がタイツ姿でエクササイズしているのを目撃するシーンを書いた。

それはたまたまニノが板前をやってる料亭の仲居さんなんです。「ああ、あの仲居はこんないい体してたのか」っていうのを遠望できるわけね。

部屋の間取りもだけど、窓から見える景色ってすごく大きいじゃないですか。それを考えるわけ。すると彼の世界っていうのが、どんどん広がってくる。

無理して、あっちこっちから人物を引っ張り出してくるとか、恋敵が突然、会社の同僚として現れるなんてこと、考えなくてもいい。

それから、勤め人だったら会社の地図、社内の配置図が作れますよね。自分がちょっと気のある女性がどこに座ってるとか、そういうことが全部、オフィス内の図面があれば考えられるでしょ？

こういうものを作るのに、どうしたらいいかというとね……簡単です。これね、参考にしてるのは不動産屋が作った間取り図。新聞の折り込み広告なんです。部屋の間取りとか家賃が全部分かるじゃないですか。ちょっとした労力で、こうしたことってできるんだけど、みんながやってないから（笑）。

でも、それをやっておけばね、後の作業が楽になる。それに、いい加減に作った登場人物と、根拠があって出てきた登場人物というのは重みが違う。

昔、僕も書いたことがあるけど、同郷の男女がね、都会で偶然出会う場面があったとして、その地方の駅の様子が頭の中に映像としてあるのと、ないのとでは違うじゃないですか。そこだと思うんですよ。

最近のドラマを見ていると、就職したばかりの主人公が、収入と不釣り合いな高級マンションに住んでいたりする。見た目はいいかもしれないが、やはり違和感がある。細かいことこそが、ドラマのリアリティを支えているのだ。

人間に深入りする

これだけ人間に深入りするとね、もうそれだけで化学反応を起こすぐらいの人物像が出来てますよ。

しかも倉本ドラマに登場するのは、基本的に普通の人たちだ。たとえば人を殺したとか、有名な偉人といった特別な人ではない。視聴者と地続きで日常を生きている人たちの中から、ドラマが生まれる。その秘密が少し分かってきた。

五郎たちが暮らした、新大久保の地図の中には人家がいっぱいある。だからヤクザもいれば刑事もいるだろうし、いろんな人が住んでると思うのね。未亡人もいりゃあ、女子学生もいる。盗撮を趣味にしている警察官がいたり、学校の先生がいたりもする。そういう人たちを、この地図の中に生かしておくのは、とても面白いと思う。

家だって、いくらでも書き込んでいいんです。それがどう関係してくるかっていうのを考えるのが楽しい。だって、ドラマって全部妄想だからね。妄想こそがドラマを生み出すんです。

倉本は新作である『火曜日のオペラ』でも、主な登場人物４人の詳細な「履歴」と、物語の舞台となる場所の「地図」を作成している。履歴については代表例として、主人公である高橋三郎のものだけを載せた。架空のはずの人物を、倉本がどこまで造形しているのかが注目ポイントだ。

人物年表〈高橋三郎〉

1969（S44）	0歳	長野県川中島に生まれる。父は警察官。1男2女の長男。
1972（S47）	3歳	ピアノを始める。
1973（S48）	4歳	少林寺拳法を始める。
1975（S50）	6歳	川中島小入学。
1976（S51）	7歳	ピアノコンクール小学生の部で入賞。
1981（S56）	12歳	中学入学。少林寺拳法初段。
1982（S57）	13歳	学級委員になる。ラグビーを始める。
1984（S59）	15歳	ラグビーの腕を見込まれ県立松本高入学。
1985（S60）	16歳	怪我により退部。松本女子高 水谷リサと初恋・童貞喪失。
1986（S61）	17歳	チェルノブイリ事故（4／26）。
1987（S62）	18歳	東大を目指すも不合格。

1988（S63）	19歳	一浪の後東大合格。
1989（S64／H1）		天皇崩御、昭和終る（1／7）。
	20歳	リサと同棲。リサの浮気により破局。
1990（H2）	21歳	本郷、法学部に進級。オペラ同好会に入り、学生下宿 神楽坂藁棚荘の同宿者 戸村、上月、赤尾を知り親友となる。
1991（H3）	22歳	ソ連崩壊。
		同下宿裏手にある、使っていない「蔵」を借り受け、アジトとして使用する。
1992（H4）	23歳	総合商社ヒジカタ商事入社、営業部に配属。
		以後、営業畑をずっと歩くことになる。
1993（H5）	24歳	母 死亡。
1996（H8）	27歳	ウクライナ配属。小麦、牛肉の輸入に専念。
1999（H11）	30歳	ウクライナより帰国。ヒジカタ食糧部に配属。
2000（H12）	31歳	土方会長のお伴で中東、アジア、アフリカの食糧危機を見て廻る。
2001（H13）	32歳	土方会長、務台専務直轄の未来食糧戦略部メンバーとなる。
2002（H14）	33歳	秘書課 甲野佑子と結婚。

2003(H15)	34歳	ソ連崩壊後のロシアに配属。ウクライナ・キエフに住む。
2004(H16)	35歳	キエフで長女 みどり誕生。
2005(H17)	36歳	東京転勤。食糧戦略部 課長となる。
2007(H19)	38歳	北米、南米、東アジアの食料輸入総括となる。
2008(H20)	39歳	戸村の開発するマナの話を知る。
2011(H23)	42歳	新しい穀物という発想に衝撃を受け、土方会長に直訴し、たった一人の特別チームを承認してもらう。
		「デンコー」赤尾とのコネから、NASAに招聘された戸村と再会。原始藻スピルリナの情報をつかむ。
		パイン社に喰いこみ、未来の食糧資源としてのスピルリナを売り込む。
		土方会長の特命で戸村を応援するマナ・プロジェクト誕生。
		ウンコを資源に変える特任部が出来、その部長として任命される。
2014(H26)	45歳	上月とのコネから、オプト製薬と太いパイプができる。
2015(H27)	46歳	食糧戦略部 秘書 酒井弓子と出来る。
2016(H28)	47歳	弓子との間に子供が出来、上月、赤尾が間に立って秘密裡に処置する。

２０１７（H29）	48歳	弓子と別れる、慰謝料５００万。
２０１８（H30）	49歳	父死亡。
２０１９（H31／R1）	50歳	マナ・プロジェクト、土方会長の特命で始動。ウンコではきこえが悪いので「オンコ」（富山弁）という暗号を使い、オンコ部隊と秘かに名乗る。
２０２０（R2）	51歳	コロナ大流行。
２０２２（R4）	53歳	新型感染症オプロン流行 感染！

〈自筆の主要地図〉

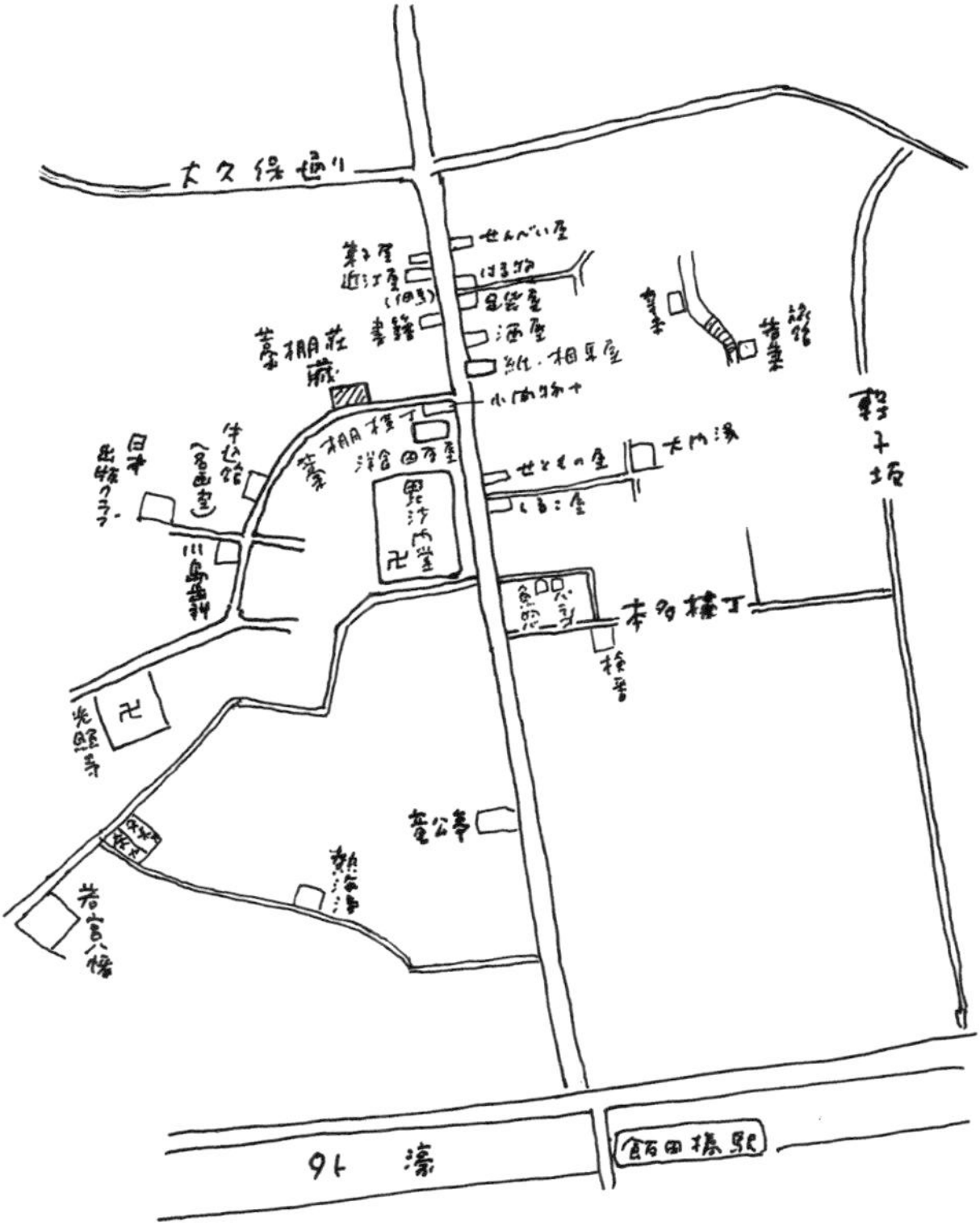

神楽坂界隈　1980年代

〈自筆の主要地図〉

藁棚荘界隈

藁棚荘は昔、芸者・千夜菊の為に、時の大蔵大臣・野村市蔵が建てた妾宅だった。野村の死後、千夜菊はここを芸者の置屋としていたが、千夜菊の死と共に妹芸者・文香姐さんが学生下宿として改築し、住居は鼓の稽古場として残した。

第5章 見る人をもてなす心

——構成

シナリオを書く上で重要なものとして、「構成」がある。脚本家は、それが連続ドラマであれ、単発スペシャルであれ、「尺《しゃく》」と呼ばれる放送時間も考慮しながら、物語全体の流れを組み立てていく。倉本流の「構成術」とは、どのようなものなのか。

物語の構成

構成に関して必ず出てくる起承転結だって難しいものだし、単純に図式に当てはめるわけにはいかないという気がする。

「起」というのは、とにかく始まりですよね。お客をまず吸いつける。可能な限り早く、その世界に引きずり込むということが、僕はドラマの鉄則じゃないかと思う。

経験の浅いライターが書いたりすると、なかなか物語の世界に入っていかないんだよね。もう30分ぐらいかかっちゃう。それは僕、絶対ダメだと言います。とにかく話が始まって、2分ぐらいでバンとその世界に入れること。その吸引する速度、吸引するまでの時間というのをうんと短縮してやる必要があると思う。

ホームドラマなら、どういう家族なのか。親父がめちゃくちゃ怒鳴るやつだとか、それでみんなピリピリしてるとか。それから、事件が起きる場合には、もうあっという間に事件を起こさせちゃう。「起」ってそういうものだと思うんですよ。

次の「承」というのは、入ってきたお客を、「ああ、こういう世界なんだ」って安心させることですよね。ところが、そう思って安心してると、「お前ら油断すんなよ、冗談じゃないよ」って、バーンとひっくり返されるのが「転」です。

まあ、そのぐらいの概略は分かってたんだけど、その後が僕はなかなかつかめなかったのね、起承転結ということが。

起承転結にしろ、能などの序破急にしろ、古くから物語構成の定型として知られている。しかし、その型にはめ込みさえすれば、面白いドラマが出来るわけではない。

構成とは、もてなすこと

それで、一つヒントになったのが札幌時代なんです。東京から札幌へと移り住んだら、めちゃくちゃ客がやって来るわけ、東京から。すると、彼らをもてなさなくちゃいけないじゃないですか。せっかく来てくれたんだから。もてなすにも時間と金がかかる。それで、Aコース、Bコース、Cコース、Dコースを作ったの。

Aコースってのはね、食事して、それで済ませる。Bコースは、食事の後にバーをくっつけるんですよ。飲み屋とか居酒屋とか。

Cコースっていうのは、さらにストリップをくっつける。当時、札幌のストリップって過激で面白かったんです。食事があって酒があってストリップがあるというのがCコースのもてなしだった。

Dコースは何かっていうと、Cコースの最後にトルコ、今のソープランドに送り込む。ここまでやって僕はサヨナラするんだけど、こういう4パターンを作ったんです。「今日はAコースで行こう」とか、「こいつはBコースでいいな」とか。

でも、途中で話が面白くなってきたりするとコースも変わりますよね。食事している間に、すごくいい仕事の話が出てきちゃったりすると、ストリップの後どうしようかな、ソープまで行っちゃえ、Dコースだ！（笑）

さらにそのあと、もう1回クラブへ行こうとなると、僕はその彼がソープにいる間にドラマのストーリーを考えられるわけですよ。喫茶店かなんかで大体の企画書を作っておく。その時間ができるじゃないですか。

そういうコースを作って、相手がどういうサービスに喜びを感じるかを予測して準備する。相手を楽しませたい、満足させたいという気持ち。このコース作りがね、実はドラマの構成と近いんじゃないかと考えたわけ。

倉本脚本を支えているのは、おもてなし精神だったのだ。しかも相手によって使い分け、ランクアップしていく、おもてなしである。

そのうちに札幌から富良野に移ったでしょ？　今度は富良野に来た人間を観光案内しなくちゃいけない。富良野で見せる場所はいくつもあるけど、相手の趣味とか好みも考慮する必要がある。自然が好きだとか、割とミーハーなやつだとか。それによってメニューを考えますよね。

たとえば、富良野には『北の国から』の石の家とか、丸太小屋とか、最初の廃屋もある。これらをドラマに登場した順番通りに巡っていけば、お客を満足させられるかっていうと、そうでもないんだよね。

丸太小屋っていうものを、僕は富良野でものすごく流行らせたんだけど、丸太小屋を趣味とするやつに見せるべき物件がいくつかあるわけ。うちのすぐ上に富良野で一番古い丸太小屋がある。「北時計」という、初期に作った喫茶店の丸太小屋もある。さらに塾の丸太小屋がいくつもあって、これが一番充実してる。

それから、『北の国から』の丸太小屋。最初に小っちゃい丸太小屋を見せて、北時計に行って、塾へ行って、麓郷《ろくごう》へ行くというのがコースとしては一番順当なんですよ。

でも、その順番で見せていくと、丸太小屋の質のレベルと矛盾するわけ。先に塾の丸太小屋を見せちゃうと、みんな驚くわけ。その後で『北の国から』の丸太小屋を見ても驚かないんだよ、お粗末だから（笑）。

すると、丸太小屋の進化を見せていくには、別のコースを取らなくちゃいけないよね。ＡＢＣＤというのが普通のコースだとして、そのコースを入れ替えてＡからＣへ行って、それからＢへ戻ってＤへ行ったほうがいいというふうな。

この置き方、配置の問題というのがね、構成に通じる重大事だという気がするの。ラベンダーというものが富良野で有名になりましたよね。みんな、旭川空港からいきなりラベンダー畑に連れていっちゃうんです。これ、ダメなんだね。特に中富良野のファーム富田ってとこへ行くと人がわんさといるばかりで、ラベンダーを見た感激じゃないんですよ。

僕がラベンダーを見せるときは、まず芦別へ行っちゃって、そこから山越えするんです。山越えをしてくるとね、美瑛《びえい》の丘陵地帯に出るんです。いきなり目の前にラベンダー畑がワーッと広がっててね。これが一番効果的な見せ方なんです。

そういうことを考えて人を案内するってことが、やっぱり一番効果的なサービスだと思うし、構成や演出だと思うの。

ラベンダーを見に来た人を案内するのでも、機械的に道順で案内しちゃうと誤ると思うんです。これがね、僕はドラマの構成だなって思い始めた。構成術というものを考える上でものすごく役に立ったって気がする。

「出会い」や「発端」が大事だという意味で、観光案内もドラマも、単なる道順や段取りでは面白くならないのだ。

碓井さんの故郷って信州だったよね。たとえば信州から、東京を見たことがないおばあさんがやって来たとして、どこから案内する？　いろんな味わわせ方があるよね。相手の趣味や志向にもよるし、もちろん相手のインテリジェンスもあれば、その人のキャリアというのもあるから、多分その人が持ってる東京のイメージがあって。でも、それをひっくり返してあげたいじゃない。

最初に浅草雷門というイメージが彼女の中にあるんだったら、浅草雷門をまず見せちゃってね、そこからどこか行ってもいいよね。でもさ、たとえば東京タワーを見せる前に、あの東京スカイツリーを見せちゃったら、東京タワーが何だかショボいよね。だから、順序が大事になる。

僕、それが構成だって気がするの。見せる構成、ドラマチックなものっていう。でも、どう見せますか、今の東京。

まずね。３日滞在するなら、その中で配分するわけ。１日目に雷門を見せて、２日目に歌舞伎を見せて、３日目に東京タワー見せるとしたら、雷門が「起」になって、歌舞伎が「承」になって、東京タワーが「転」になるわけじゃない。

それで本当に感動してもらえるかっていうと、「転」はもう少し違う場所がいいぞっていう考えが出てくる。そうすると、レインボーブリッジを見せるにしても、向島まで行って、あそこから屋形船に乗せてさ、川から見せたほうがずっと効果的でしょ？　そういうもてなし方だと思うんだ、構成って。

ストーリーとプロット

シノプシスの話のときも出たが、シナリオにおける「ストーリー」と「プロット」の区別は、一般の人にはやや分かりづらい。ストーリーの基本は5W1Hだ。いつ・どこで・誰が・何を・なぜ・どのようにしたという「物語」を指すとして、「筋立て」という意味のプロットは？

僕は、ほぼ同じだと思う。ストーリーとプロットって、説明の仕方が違うだけで、ほとんど同じことじゃないかな。プロットはストーリーの要約ですからね。

では、誰と誰がどう出会い、どんな事件が起きるかというのはプロットだろうか。

いや、それはプロットというより、ドラマですよね。誰かと誰かが会って、何かが起きる。

これは化学反応というドラマであって、そのドラマというのは一つのプロットの中にちりばめられるものだと思うんです。

あるシーンを思いつく。そのシーンからドラマを広げていくというやり方ってのは、ないわけじゃないですよ。最高の方法です。よっぽどうまくやれば、それができるわけです。自分はどうしてもこのシーンを書きたい、このシーンは人を感動させるに違いないという自信がつけばね。

シーンってね、５分のシーンで感動させて、涙を流させることができるんです。２０２1年の10月に「追悼　田中邦衛さん　北の国から　40周年記念トークショー　思い出せ！五郎の生き方」っていう、碓井さんにも出てもらったイベントがありましたよね。あそこで『北の国から』の名場面を見せたじゃないですか。

その中の「泥のついた一万円札」のシーン。あれを見ていて、涙ぐむ人っていますよね。それから螢が、母の令子が乗った列車を追って走るだけで泣ける。

もちろん背景として、ストーリーを知ってるからそうなるんだけれど、あのラーメン屋で「子どもがまだ食ってる途中でしょうが」って怒鳴る親父を見ると、その瞬間にぐっと涙が出てくるっていうのは、もうこれは本当に刹那的な化学反応なんですよね。ドラマの中のシーンとして成立してるんだと思うんです。

ただ、それをこの1本のドラマの「結」にしていいのか、これを結末にしちゃっていいのか。そうすると、かなり規模の小さいドラマになっちゃう。でも、あれをどこかでピョコッと出す贅沢な使い方をしていけば、もう少し規模の大きなドラマになってくる。そういう違いがあると思うんです。

全体構想

『北の国から』の連ドラは全24話だった。この場合、24話を大きく起承転結に分けて、全体を構想するのだろうか。24話を起承転結の4つで割れば、それぞれが6話分になる。最初の6話分が「起」であれば、その起の部分をまた起承転結と小分けにして、さらに正味45分の1話分をまた起承転結で書いていくのか。

今おっしゃった、まったくその通りなんです。24話を書くときには、大きなストーリーの流れの中で起承転結を考えます。たとえば、五郎の別れた女房をいつ殺すのか（笑）。これは一番大きな問題でした。最終的に、「結」に近いところで亡くなるようにしようと思った。

実際、令子が亡くなったという知らせが来たのは22話の終盤で、今思えば、「え、ここで？」というようなタイミングだ。そしてお葬式が23話で、もう次は最終回になる。まさに「結」の部分だった。

そのとき、女房が死んだってことで、主人公たちはドスーンと落ちるわけですよね。だから、その悲劇の前にハッピーなところを作っとかなくちゃいけないんで、こごみのくだりがあるわけです。

しかも、こごみという、親父が作っちゃった女に対して、子どもたちが反発するというドラマも自然に出てきますよね。

その大きな流れを作って、ここに女房の死、ここに風力発電というふうに配分していった。連ドラの24話というのは一番難しいんです。小さなドラマの積み重ねだから。緻密にしなきゃいけないんです、逆に言うとね。

でも、ラーメン屋での「食ってる途中でしょうが」。あれは連ドラじゃなくて、スペシャルになってからですよね。スペシャルは2時間とか、前後編の4時間といった短い時間の中で起承転結をつけるから、まだ簡単なんだけど、24話の中でその起承転結をつけていくっていうのは、けっこう大変な作業なんですよ。大きな流れの中で、お客をどういう状態にするか、何で引きずっていくかという問題があるから。

では、UFOのくだりは、どういう発想で入れようと思ったのか。

あのね、UFOに関してはものすごく反発があったんです。なんであんな話が突然出てくるんだって。つまりUFOというものを、みんなが架空のものだというふうに思い込んでるからね。

今までナチュラルな話だと思って受け入れていたのに、突然、別種のものが出てきちゃったと。純文学を読んでたら、いきなり漫画が出てきたみたいな、そういう違和感だったんでしょうね。

ただ、僕の中ではね、そういう違和感ってなかったんです、全然。ＵＦＯも富良野あたりじゃ自然なものだったし。それは宮沢賢治が『風の又三郎』をポロッと出して、誰も違和感を覚えないのと同じことで、又三郎はいていいわけです、僕の中ではね。ただ、ここには演出のやり方がからむ。自然な流れの中でＵＦＯが出ればいい。そこにオドロオドロしい演出が加わったらもうぶち壊しです。

そういうものは現実にいるという気がしてるし、ＵＦＯもまったく不自然でなく僕の中に入っちゃうんですよね。クマが現れた、シカが現れたというのと同じレベルなんだけど、都会の人から見ると、それは非科学的であるとか、そういう別の見方をしちゃいますから。ここの市長なんかでさえ、「あれだけはちょっと問題だ」なんて言ってたからね（笑）。

あのエピソードでは、テレビに出て証言した螢が、大人たちから「そんなことはない」とウソつき呼ばわりされて傷ついてしまう。倉本は、「自分が見たものを信じたらいいんだよ」と言いたかったのではないか。

あれももちろん、都会のやつの反発というのはあるだろうと最初から思ってました。だからあえて、ああいうテレビ側の連中を選んでおいたんです。

確かにコメンテーターたちは、上から目線で自分たちの価値観を押しつけてきた。そこには、マスコミはこういう反応をするだろうな、というリアル感があった。振り返ると、このUFO騒動が出てきたのは、起承転結の「転」の辺りだ。

実は、あそこで涼子先生の問題に展開していきたかった。涼子先生をそのまま消しといて、なんかUFOに乗ってどこか行っちゃったみたいな印象でお客さんに残しといて。それがずーっと後になって、涼子先生は、純が結婚することになる結（内田有紀）という女性に関係して再登場する。そういう意外性というのが、ドラマの中では必要なわけですよ。

『北の国から』の起承転結

『北の国から』の起承転結の「起」の部分。純が富良野に居着くか、居着かないかということで視聴者を引き込んでいた。

実は、一番最初に考えたときにはね、「起」と「承」までは、東京にしようかって考え方だったの。最終的には、いきなり富良野にしたんだけど、早く引き込むためにそうすべきだと気づいたんです。

『北の国から』の第1回は、ほぼ80シーンある。シーンNo.1、黒板令子の顔。シーンNo.2が喫茶店。そこまで令子と妹の雪子の会話があって、シーンNo.3は、いきなり走る車内だ。見事な導入だった。しかも喫茶店の会話が視聴者には謎めいていた。
「私だって見送りに行ったわよ」と聞いても、何の話をしているのか分からない。そこから突然列車内のシーンになり、父親と子ども2人がいて、さだまさしのテーマ曲が流れ出す。つまり3シーン目で、すでに視聴者はドラマの世界に入っていたのだ。

あれが「つかみ」ってものですよね。それで、草太兄ちゃんが出てきちゃって。あれよあれよってつかみ方しないとね。いわば異次元に飛ばしたんです。観客を東京から富良野まで運ばなくちゃいけないわけだから。その異次元の風景の中に連れていくのに、のんびりじゃダメだよね。

もしかしたら東京で「起」や「承」をやっていたかもしれないと聞いて、驚く。なぜなら、『北の国から』第1回の冒頭は、連ドラ初回のオープニングとして傑作だからだ。しかし、富良野へ来るまでの事情をしばらく見せていたら、どうなっていたことか。

螢と五郎がね、令子の情事の現場を見ちゃうでしょ？　あそこら辺から始まったんじゃないですかね。

実は、純はあの母親の件を知らないんです、このドラマを通してずっと。だからね、ある秘密を、登場人物の何人かは知ってるけど、何人かは知らないっていう。これはね、ドラマを動かす大きな要素になるんです。

知っていること、知らないこと

僕、国民学校の5年のときに、岡山の金光《こんこう》という町に疎開してたんです。そこで病気になって、親父に岡山医大に連れていかれた。

で、カルテを作るために、親父が看護婦さんと問答してた。そのときにね、「ああ、兄と姉がいます。腹違いですけど。母親が違うんです」「あ、そうですか」っていう会話を聞いちゃった。ビックリしたよ。そんなこと知らなかったから。

「え？　何？」って思った。だけど、親父は平然としてるし、なんかそれは訊いちゃいけない気もするしさ、僕、黙ってたんですよ。そのまま家に帰って、おふくろに恐る恐る訊ねたわけ。「えーと、お兄ちゃんとお姉ちゃんはお母ちゃんの子じゃないの？」って。母は平然と「ああ、そうよ」なんて答えるから、「え？」ってまたビックリしてさ。

おふくろが違うってことは、姉貴と兄貴にとって、目の前の母は継母《ままはは》ってことじゃない。継母っていうのはさ、大体、昔から物語の中では意地悪なもので、必ず諍いが起きて。そういう状態が家庭の中にあるなんて夢にも思ってなかったわけ。

それで、夜中に親父が帰ってきたらね、隣の部屋でなんかゲラゲラ笑ってるんだ、おふくろと親父が。「あいつ、まだ気づいてなかったのか」って。これまた衝撃受けてさ。そういうのありかよって思ったね。5年生でしょ？　世間一般の親ってそういうものなのかって。

いつ、どういうふうな場面を作って告白するかって、大ごとのはずでしょ？　それを事もなげにやられちゃったんでさ、えらいショックでしたよ。

現実って、こういう奇想天外なものかと見せつけられた。あの事件は、僕の中に長い間、しこりとして残りましたね（笑）。

映像も浮かんでくるような、この出来事自体がまさにドラマだ。自分の根幹にかかわる大事なことを、少年は何も知らなかったのだから。

眠れなかったもん、その晩。「ちょっと待ってよ、どういうこと？」って。そのとき考えちゃったのは、おふくろが違うってことは、お兄ちゃんとお姉ちゃんのおふくろは別のとこにいるのかって思ったわけね。

また戦時中でもあったし、親父がね、仕事の関係で東京からたまにしか来ないわけじゃない。そうすると、親父は別の家庭をもう一つ持っていて、2人奥さんがいて——そのぐらいもう5年生だから分かるよね——主にそっちの奥さんのところにいるのか？　ということは、うちのおふくろはお妾《めかけ》さんか？　ということまで想像するでしょ？　けっこう苦しみましたよ。解消してくれたのは、ばあちゃんなんだよね。僕がそんなことで思い悩んで、少し変になってたから、「あのね」って（笑）。

　要するに兄貴と姉貴のおふくろさんは死んだんですよ。それで、まだ親父が30代のはじめだったから、次の奥さんがいたほうがいいっていうんで、うちのおふくろが来たらしい。そんなこと俺、全然知らなかった。なんでそのことを俺に伏せたのか。変だよな。かなり変だと思わない？　ズボラなんだよ（笑）。

どのタイミングで説明しようかと思っているうちに、時間が経ったのだろう。だが、小5男子の妄想はどんどん膨らんで、自分は妾の子かと疑ってしまう。面白いのは、このエピソードが倉本ドラマと重なっていくことだ。登場人物は知らない、しかし視聴者は知っている。あるいは、登場人物も知らなくて、視聴者もまだ知らないこともある。その辺りの配分からもドラマが生まれるのだ。

カラー版 昆虫こわい

丸山宗利

2刷

体長わずか数ミリの昆虫を求めて世界を旅する著者は数々の恐ろしい目に遭ってきた。ペルーでは深夜の森で、帰り道の目印にと置いた紙片をアリに運ばれ遭難しかけたり、カメルーンではかわいい顔をしたハエに刺されて死の病に怯えたり、ギアナでは虫採りに熱中して不眠症になったり……。虫の驚くべき生態や知られざる調査の実態がわかる、笑いと涙の昆虫旅行記。

●1100円

人生を半分あきらめて生きる

諸富祥彦

9刷

「ふつうの幸せ」が難しい時代だ。日本は、仕事も結婚も手に入らない人がますます増える社会になる。そこでは「人並みになれない自分」に苦しむより、無理にがんばらずあきらめることが幸福への第一歩となる。自分ではどうにもならない現実に抗わず、今できることに集中する。前に向かうエネルギーはそこから湧いてくる――。心理カウンセラーによる逆説的人生論。

●880円

人生は70代で決まる

綾小路きみまろ

3.3万部

52歳でブレイクし、中高年の老いをネタに毒を吐いてきた漫談家も70代に突入した。我が身の老いに直面するも、それすら「笑い」に昇華する。人間観察を趣味としてきた著者が、長年、中高年を見続けてきた経験から断言するのは、「人生は70代で決まる」ということ。その根拠は何なのか？　笑いの中に「老い」の知恵をちりばめた抱腹絶倒の一冊。

●990円

それで、これをもしもドラマにするんだったらね、僕という少年は一人ものすごく悩んで、長谷川伸の『瞼の母』みたいな世界かよって思っちゃうじゃない？

その思ってる、悩んでる俺っていうのはさ、客観的にお客が見てたら、笑えちゃうんだよね。ここにコメディの発想がある。つまり、これ悲劇じゃないんだよ。俺にとってはすごい悲劇なんだけど、無責任な第三者にはさ、喜劇なんだよ。だから、喜劇っていうものが大好きだし、そういう喜劇を書きたいんだ。

人間喜劇

チャップリンが言った、「世の中のことというのは、アップで（近くで）見ると全部悲劇である。しかし、ロングで（離れて）見ると喜劇である」。これはね、もう本当に至言だと思う。まさにそれが世の中だって。

コメディっていうのは、本来そうでなくちゃいけない。滑ったり転んだりとか、今どきのふざけてみせる、あれがお笑いだっていうのはとんでもない間違いだと思うのね。そういうものにお客が今、慣らされちゃってるけど、あれは喜劇とは言わない。おふざけだよね。

昔はあんなバカなこと、そうはなかったと思う。今、テレビというマスメディアがあってさ、ネタがないもんだから、あんなことの繰り返しばっかりやってる。だから人間の質も、文化度も何もどんどん下がってきちゃった。それが今、一番の問題だと思うね。

思えば『北の国から』でも、登場人物たちがかなりシビアな、ときには悲惨とも言える状況に陥っても、常に不思議なユーモアが漂っていたのはそういうわけだったのだ。

そうですよ。僕の大好きなユーモアって、そういうところから生まれてくるんだと思う。子どもはけっこうずるいからね、純ぐらいの年になったら十分ずるいから、「これ言ったら草太兄ちゃんは少し喜ぶだろう。あ、やっぱり喜びやがった」って言ってる子どもの心理を大人が見て、笑えるんだよね。自分たちも、こうやって子どもから笑われてんのかなっていうニュアンスがあるから。

そういうことが喜劇だし、逆に言うと、世の中ってのはそういう視点で見るとさ、喜劇

だらけなんじゃない？（笑）

しかも倉本ドラマの中では、その喜劇が作為的ではなく、その人物にとっての必然として発生する。つまり作者が自分に都合よく人物を動かし、無理に事件や人に遭遇させているわけではないのだ。

そうですね。今、司馬遼太郎の『坂の上の雲』を読み直してるんだけど、あの中に乃木大将が出てくるんです。あの旅順の戦いのことが。

もうね、乃木大将ってどうしようもない人物なのね。失敗ばっかりしてるのよ。ところがさ、キャラクターがいいわけ。なんか無口でさ、白い髭《ひげ》生やして。失敗ばっかりなんだけど、なんとなく伝記作家が良く書いちゃうんだ。

でも、本当はあの人のおかげで何万人が死んでるわけ。自分の息子も2人殺しちゃってる。しかも本人は、明治天皇が死んだら、殉死って自分も一緒に死んじゃったでしょ？ああいうのはさ、明治の人だよね、つまり。明治というか江戸の人だよね。武士の精神を引いてるんだよね。

日露戦争の頃までは、いわゆる薩摩とか長州とか、あそこら辺の維新の志士上がりが海軍とか陸軍にいたわけだから、この人たちは武士の感覚で戦争をしちゃうわけ。でも、ロシアとかヨーロッパの連中はさ、負けたら降参つってさ、平気で捕虜になる。日本はそうはいかないんだよね。それなんかも客観的に見ると、ものすごい人間喜劇だよね。残酷な人間喜劇だよね。喜劇ってそういうことなんじゃないかなという気がするね。

だから僕、『北の国から』のとき、『人間喜劇』というタイトルにしたかったぐらいだよ。それはチャップリンが言う意味の喜劇だもん。

いや、タイトルは『人間喜劇』ではなく、『北の国から』で正解だったのだ。

第6章 シナリオへの助走

――ハコ書き

企画が決まり、履歴も含めた登場人物のキャラクターが創られ、物語の全体像や流れも見えてきた。ここからシナリオの執筆に取り掛かりそうだが、その前にもう一つ、大事な段階がある。それが「ハコ（箱）書き」と呼ばれる作業だ。本章では、倉本が「ハコ作り」の秘密を明かしていく。

ネタを書き出す

連続ドラマ24回に起承転結があり、その各ブロックにも起承転結がある。さらに1回1回にもそれがある。シナリオでは、その各回ごとにそれぞれ山場を作っていく。それは、あくまでも脚本家の創作なのだが、たとえば『北の国から』を見ていると、あたかも自然に出来事が起きているように感じるのだ。では、この自然さはどこから来るのか。

当時は僕が北海道に来て3、4年目でしょ？　移住の初期、僕はいろんなことが珍しくて、純の目線で観察してたんですよ、ある時点からは五郎の視点に移るんだけどね。

その純の目線での珍しさで言えば、水力発電とか風力発電とかも、地元の連中は平気でやってたから。そういうことに対するカルチャーショックですよね。それでドラマを書くときに、まったくネタには苦労しなかった。これは1話の大ネタになるなっていうものが年中あったから。

確か、『北の国から』全24話を書く前に、ネタとしていくつぐらいあるんだろうと、書き出してみた。そしたらね、24どころじゃないネタがあったと思う。

雪に埋もれるとか、大雪が降ったら麓郷全体が電気がつかなくなっちゃったとかね。そうすると水道も出なくなるわけですよ。だけど、古くて電化されてない家は、水は井戸から引いてるから大丈夫なわけ。電化されてる家は全部ダメだった。

電気が使えないから古い石油ストーブを持ち出して、みんなで毛布かぶってガタガタ震えてたけど、昔からの家は電気がなくても全然平気で。そういう皮肉な状況って、一種の社会風刺にもなるでしょ？　そういうものがね、やっぱり目新しかったですよね。

かつての富良野

あの時代、都会では「24時間営業」というものが当たり前になりつつあった。

そんなことは富良野ではあり得なかったからね。まだお化け話が平然とあったから。あそこの麓郷街道にでっかいシイの木が立っててね、そのシイの木というのは、町にまだ女郎屋があった頃からのものですよ。

かつての富良野はね、農産物の集積基地だったから、小豆とかああいうものを作ると、主人は馬に載せてそれを運んできて、ここの市場で売るんですよ。それで、馬をちょっと待たせといて女郎屋に上がって遊んで。自分は飲んで酔っぱらっちゃうから、馬に乗って眠《ね》ちゃう。すると、馬は自然に闇の中家まで帰ってくる。

麓郷街道にあった大きなシイの木は、女郎たちが恨みを晴らすところでね、自分を裏切った男たちのヒトガタ作って、丑《うし》の刻参り。そこに五寸釘刺して呪うという習慣のシイの木があったんですよ。それ僕、噂だと思ってたの。

ところが、その木がね、道路拡張のとき邪魔になって、切るって話になったわけ。けっこう大きな木だったけど、地元のきこりたちは誰も切りたがらないんだ、怖がって。
それで、仲世古さんって、ドラマの中畑和夫のモデルになった人が材木屋だったんで、自分とこの山子たちに切らせたんです。3人で切ったのかな。で、3人とも大きな怪我しちゃった。しかもね、チェーンソーで切ったら、刃がボロボロになっちゃった。中からは五寸釘が何本も出てきた。丑の刻参りは、事実だったんだね。

その頃、いろんな話があるんだけど、「いるかいの婆さん」という婆さんがいてね、他人の家に「いるかい？」って入ってくる。「いるかい？」と言ったときはもう2階に上がってるという婆さん。「カンカイ」っていう干した魚があるんだけど、それを年中チクチク噛《か》んでるみたいな婆さんなのよ。

その婆さんが死んだとき、みんな通夜に行ったんだけど、ある人がシイの木の前を通ったら、そこに若い奥さんと娘が立ってたんだって。あれ？ こんな人気《ひとけ》のないところでどうしたんだろうと思って、「どこ行くんだい」って訊くと、「麓郷に帰りたい」って言うんで、「じゃあ、乗っけってってやるよ」って乗っけてあげた。

「遅い時間にこんなところ、婆さんの知り合いかい？」なんて訊いても、あまり口利かないんで、後ろに乗せて運転してた。それで、「どこさ」なんつって、「そこの曲がったとこ」って。行ってみたらさ、いるかいの婆さんの家だったんだ。通夜が行われてた。それで後ろ振り向いたら、母娘がいないんだって。で、座席が濡れてたっていうのね。それで、ギャーって。

あの頃は、そんな話が普通にあった。周りが真っ暗闇だから、幽霊の住民票がはっきり残っちゃってたんだね、当時は。だから、面白かったですよ。

ハコを作る

ストーリーが出来た後、シナリオの形で書く前の作業として、「ハコ書き」がある。ざっくりとしたストーリーをシーン（場面）ごとに区切り、それぞれを四角で囲むことから「箱」に喩えられている。

僕の場合、「大バコ」「中バコ」「小バコ」と順番に作って、シナリオに持っていきます。大雑把《おおざっぱ》な俯《ふ》瞰《かん》としての大バコ。それを細かくしたのが中バコ。ほとんどシナリオに近い小バコ。でも、小バコには誰が喋《しゃべ》るのかは入れません。次の段階のシナリオにつながるように、台詞のリズムを確認するんです。

なぜ、ハコを作るかっていうとね、シナリオを書いている段階で「何かおかしい」と思ったとき、小バコ、中バコと順に戻るんです。「ここがヘンだ」という点検ができる。それでもおかしければ、大バコまで戻る。この「見直し」が一番大事な機能ですね。そのためにハコを作る。

まず大バコというのに、そうだな、1週間で1本書こうと思ったら、大バコに3日はかけますよね。大バコに3日。それで、中バコに1日かな。それで、小バコに2日。

小バコが書けちゃえばシナリオってね、ほとんど小バコを写すみたいなものだから、1日で書けちゃうんだ。それで7日っていうスケジュールが立つんだけど。

大バコも中バコも、ハコ書きというのは、まだシナリオの形ではない。あくまでも普通の文章の形で書いたものだ。使うのは、「ペラ」と呼ばれる200字の原稿用紙だろうか。

原稿も僕は今、横書きだけどね。縦書きだとインクがこすれちゃう。インクが乾くのが僕の書くスピードに追いつかないの。そうやって大バコを書いて、中バコを書く。大バコっていうのはね、原稿用紙1枚の中に書くんですよ。一目で全体が把握できるように。ペラに、小っちゃい字でアクト（劇の一幕）1、アクト2、アクト3といった具合に書いていくんです。何を書くかっていうことをね、大雑把に。

物語のヘソ

それで、ここで必ず忘れちゃいけないのは、その中の「ヘソ」は何かってこと。僕、テレビドラマっていうのは短編小説のレベルは保たなくちゃいけないと思ってるのね。短編小説には、必ずヘソってものがあるじゃないですか。

最初、僕はヘソってものが分かんなかった。中学の頃、当時は終戦直後だから人手不足で、ある童話作家が麻布中学の作文の教師で来てたの。

この人がね、短編小説のヘソについて一度講義してくれた。中学の2年ぐらいだったと思う。夏休みに「鼻」というタイトルで作文を書いてこいって宿題が出たんだ。みんな、顔の「鼻」をなんとか書こうとするよね。

一人だけ、自分が夏休みに盲腸の手術をしたときのことを細かく書いてきたやつがいた。手術室から出たときに麻酔から覚めた。そしたら、プーンとクレオソートのにおいがしたって。それで「鼻」というタイトルだった。先生に「これが文学のヘソです！」と言われて、僕はウーンと唸《うな》ったね。

確かに、9割の人は実物の鼻のことを書きそうだ。

書くよね。でも、それを麻酔から覚めたときにクレオソートのにおいがしたってことで締めてるという、その1行の「プーンとクレオソートのにおいがした」というところで終わってる。これがすごい。ヘソというか、核というか。なるほどなと思った。

だから、ヘソを必ず、ハコ書きとは別に入れ込みたいわけ。でも、ヘソというのはさ、テーマとも違うのね。テーマとも違うし、モチーフとも違って、つまりピカッと光るどこか1カ所。それを入れたいわけ。

ラーメン屋で田中邦衛が伊佐山ひろ子に、「子どもがまだ食ってる途中でしょうが」って言う。あれは、ドラマの中で丸太小屋が燃えて、それが自分の責任だってことを純が告白するという筋とは、何の関係もない話なんだよね。

でも、あれはヘソなんです、あの回の。ヘソがあるから、あの回はやっぱり市民権を得てんのね。「泥のついた一万円札」というのもヘソなんですよ。

だから、ヘソというのを常に僕は作品の中に書き入れたいというのがあって。それは大バコ、中バコ、小バコ、ヘソという、そのヘソをどこかに必ず書き入れたいという、そこだけはちゃんと書いたね、毎回。ヘソが見つからないと書きたくなかった。

ただ、「子どもがまだ食ってる途中でしょうが」って、あのシーンは最初なかったんです。

元々は、あの名シーンがなかったとは驚きだ。

子どもが「実はあれは正吉がやったんじゃなくて僕がやったんだ」ってことを親父に告白するってだけのシーンだった。でも、シナリオを渡してから気持ち悪くて、「ちょっともう1日考えさせてほしい」って。

それで、俺はやっぱり五郎や黒板一家の側からしかものを考えてないなと思って、ちょっとあそこにいる女の子の側に立ってみようと。

で、伊佐山ひろ子の側に立ってみた。彼女の経歴を考えてみたら、伊佐山ひろ子は布部《ぬのべ》に住んでて、20分ぐらいかけて車でこの店に通ってきていて、母子家庭で子どもが2人いて、その子たちが、お母ちゃんが帰って飯を作ってくれるのを待ってるわけ。

普通、8時には店が閉まるんだけど、なかなか帰らない客（黒板一家）がいるからイライラして、暖簾《のれん》を入れたり、いろんなことしてたんだ。

客は真剣な顔して話してるけど、そんなの聞いてないから、もう早く帰ってほしい。子どももそろそろ腹減らして泣き出しちゃう頃だと思ってる。だから電気は消しちゃうし、「お勘定、早くしてよ」って。

それで勘定払われて、「毎度」つって丼を下げようとしたら、「子どもがまだ食ってる途中でしょうが」って客に言われて、思わず驚いて丼を取り落としちゃった。そのこっち側を書くとさ、全然別の発想が生まれますよね。

かくしてあの回のヘソが生まれた。女の店員の履歴を作ってあったから、あそこのシーンが生まれたんです。同時にヘソができたのね。その前まで、純が「僕がやったんです」ってことを訴えるところをヘソだと思ってたの。だけど、ヘソになってなかったんだね。

まあ、なってはいたんだけど、薄過ぎるヘソだった。だから、あのシーンを付け加えたことでヘソができて、ドラマがより強くなった。

「泥のついた一万円札」と並ぶ、ヘソの傑作だった。

「泥のついた一万円札」は、最初からあれをヘソにしようって思ってました。かなり前の段階から。でも、あの回、純の東京へ出るという目標は、れいちゃんが家出した、夜逃げしちゃったことで、すでに失われてるわけだよね。

とはいえ、「もう僕、東京へ行く必要なくなっちゃった」と言ったら螢に罵《ののし》られるでしょ？　そこへもってきて、親父が手配してくれた運転手に、こっそり一万円札を2枚渡してたということも初めて知った。その一万円札に泥がついてたってことで純がグッと来ちゃう。これはもうヘソとして盤石でしたね。

ハコに戻す

ハコ書きにヘソを入れ込むというのは、倉本ならではだろう。こうしたハコの作り方は、どうやって体得したのか。


若い頃、菊島隆三さんや橋本忍さんのホン（脚本）を読んでね、それを小バコに戻してみたんですよ。で、さらにそれを中バコに、そして大バコまで戻すんです。

そうすると、アバウトに書こうと思った最初の段階というのが少しわかってくるじゃないですか。僕の想像では、「ああ、菊島さんはこういうふうな発展の仕方をして、このホンを仕上げていったな」ってことが少し見えてくる。

そうやって、菊島さんのやり方、橋本さんのやり方というのを研究していった。やっぱり彼らのホンっていうのは見事でしたよ。橋本さんも菊島さんも、黒澤映画を書いてるでしょ？　小国英雄さんという人がチーフになって、橋本さん、菊島さん、久板栄二郎さんなどが加わって書くんですよ。

黒澤さんたちは、今日どういう話を書こうというのを、朝、新聞読んで、こたつに当たって、みんなでお茶飲みながら喋るらしいのね、午前中。それで、このシーンを書こうって決まると、それぞれの部屋に分かれるわけ。で、夕方まで書くんだってさ、一つのシーンを。

それで夕方に持ち寄る。酒飲みながら、それを黒澤さんが選んで、「これだね」って言う。そこに黒澤さんがちょっと手入れて、つなげていくらしいんだ、僕の聞いたところでは。

これが小津さんと野田高梧さんの共同作業というのはまた違う。これはよく分からないんだけど、あるプロデューサーが２人の秘密の作業場に入ってみたら、なんかドテラ着てね、ドテラの下をはだけて、２人で部屋の中を這《は》い回ってたって。

で、畳の上にはいっぱい単語カードみたいなのがあったと。そのカードにシーンが書いてあって、それをどの順序にするかみたいなことで、多分２人で這い回ってたらしい。その話を聞いて、「ああ、やっぱり」って感激したね、そうか、そういう書き方するのかと思って。

大バコ・中バコ・小バコ

ハコ書きについて、もう一度、確認しておきたい。

大バコは、その後、中バコ、小バコと発展するものなんですよね。特に大バコは、1枚の紙の中に、すべてを俯瞰できる要点のみを書くのがポイント。

中バコは、もう少しそれを細かく、起承転結で言えば、起を2枚程度にまとめあげます。そして小バコはシナリオに近いんですが、喋る人間の名前は書かない。会話とト書《とが》きだけで成立させて、全体のリズムや間が分かるように仕上げますね。

大バコはとにかく1枚。中バコは3枚か4枚。もう少し細かくなるわけ。つまりアクト1が、中バコだと1枚から1枚半になる。それで中バコでしょ？　小バコになると全部台詞になる。

すでにほとんどシナリオですが、誰が喋ってるとか、その話し手は書かない。それを書いてると台詞のリズムが出ないから。「だからさ」「何だよ」というふうに会話だけダーッと書く。誰が言ってるのかは分かってるから。それをシナリオにするとき、推敲《すいこう》しながら誰の言葉かってことを書き足すわけ。だからね、小バコのシナリオ化は、本当に1日で済んじゃうんです。

60分ドラマならこれくらいの分量だ、という「時間感覚」のようなものが倉本の中にありそうだ。

僕、原稿用紙のマス目を無視して書くんですよ、並べてビャーッと。マス目を無視して200字の原稿用紙にビーッと書いたものが、大体400字の原稿用紙1枚分なの。自動的にそうなっちゃう。だから、大バコ、中バコ、小バコってだんだん枚数が増えていって、もう小バコはこんな厚いですよ。ほぼシナリオの原稿ですから。

小バコはほとんど、整頓してない第一稿なんですね。もちろん、そこから原稿にするときに、多少のアレンジはしますよ。台詞を増やしたり、削っちゃったり。もうその作業になると機械的なものですよね。世界観がもう頭の中にはっきり出来上がってるから。創作というより、もう、労働というか。

倉本は以前、シナリオは物語の頭から書くと言っていた。途中からとか、思いついたところからとか、書きやすいところからではなく、ドラマの流れで最初から書いていくと。

それは大バコ、中バコ、小バコを書くときも、頭からです。途中からは書かないですね。初期には、書きたいシーンというのを別のノートに書いてあってね、そこに向けたり、そこを使ったりという形で書いた時期もあるような気がするんだけど。

それは、全体の流れが見えてから書き出すということだろうか。ときどき、小説家が「書き出したときには、結末なんか見えていない。登場人物が勝手に動いて物語が作られていく。私はそれを追いかけてるだけなんです」と言ったりすることがある。

黒澤明監督も同じ言い方するよね。「映画は最初から結論を決めてちゃダメだよ」なんて。だけど、僕にはちょっと信じられない。

小説では、ある程度プロット（筋書）が出来ていても、書いているうちにどんどん話が変わるということはありそうだ。脚本の場合はどうなのか。

シナリオの場合、必ず常に役者のことが頭にあるんですよね。大物俳優をいきなり消すわけにいかないんです。

でも、『6羽のかもめ』（74〜75年、フジテレビ系）の場合、あえてやっちゃったのね。長門裕之とか、あそこら辺をどんどん消していっちゃった。芝居が面白くないから（笑）。それで、中条静夫のほうは面白いから、どんどん膨らませていったのね。長門たちが怒って、反乱を起こされたけど。

『6羽のかもめ』ってギリギリでスタートした番組だったから、3週ぐらい先のシナリオを書いてたんですよ。放送を見て、その後2話か3話を書いた。だから、それができたんですね。

最近の連ドラは10話か11話ぐらいと本数が少ないこともあり、放送が始まってから、ある役柄を消すことは難しいだろう。

たとえば『やすらぎの郷』（2017年、テレビ朝日系）なんて、半年間の放送でしたけど、クランクインの前に全部書き上げていました。配役も分かっていて、ほとんど知ってる役者だったから。

放送してみたら、芝居がまずいから「こいつ消しちゃおう」というのはなかった？

うん。ただ罵るだけです（笑）。

倉本聰、新作『火曜日のオペラ』を書く

第1話　大バコ　　**倉本　聰**

起
・みどりと恋人 中尾の対話
・1日早い高橋三郎の帰国
・飛行機の中での爆睡と夢
（神楽坂の青春の記憶）
・関空着→土方邸へ。Dr.コーチャンと逢う

承
・Dr.コーチャンへのマナ・プランの説明
（こゝで、このプランを客に判らせる）
・土方老人の話す、ハッカー集団「ルウィナ」のこと
・都ホテルであけみとの密会。中尾に目撃される

転
・あけみとの情事
・翌日夕方帰京　・神楽坂のアジトへ
・赤尾への報告　・二宮涼子の記憶

結
・帰宅。妻とみどりと
・オプロン濃厚接触の一報　・隔離

第7章 人間が物語を生み出す

――台詞とシナリオ

シナリオを形づくる、主な構成要素は三つだ。「柱《はしら》」「ト書き」、そして「台詞」である。柱は、そのシーンの「時間」と「場所」を指定するもの。また、ト書きは人物の動きや状況などを説明するためにある。中でも重要なのが、登場人物が口にする台詞だろう。なぜなら台詞が物語を駆動させていくからだ。たったひと言で物語の流れを変えたり、ドラマに幕を下ろしたりする力も持っている。倉本は台詞の名手と言っていい。架空の人物である彼らが語る言葉の中に、現実を生きる私たちをも揺さぶる、普遍的な真実が込められているのだ。

寺山修司との仕事

台詞ということで言うとね、僕は若い頃、ラジオドラマやってたでしょ？　ニッポン放送の時代に寺山修司と組んだんですよ。寺山は『血は立ったまま眠っている』という芝居を書いて、一躍有名になっていた。

その寺山に会いに行って、いろんな話をした。ドラマっていうものは脚本があって、それを役者が演じる。だから、どうしてもわざとらしくなっちゃう。

一方、ドキュメンタリーは、ものすごくリアルだ。リアルなんだけど、こちらが欲しい筋立てには持っていけない。自然なものだから。

で、これを合体させてみようということになって、寺山は構成作家と出演俳優を兼ねた。当時、寺山の彼女は九条映子という松竹のニューフェースだったんです。それで２人に、「一つの設定を渡すから、浅草で1日、デートしてくれ」という提案をしたわけね。タイトルが『いつも裏口で歌った』(61年)っていうラジオドラマです。

寺山ってすごいズーズー弁なんです。映子ちゃんというのはバリバリの江戸っ子なのね。1日の漫然としたデートの記録なんだけど、寺山は一応作家だから、その中に筋を作ろうとしてくるわけ。

寺山は青森から出てきたクリーニング屋の店員。映子ちゃんは東京の床屋の女店員。２人は５００円と３００円持って、上野の駅の構内の伝言板のとこで落ち合って。丸１日、上野から浅草界隈をデートするという、それだけの設定なの。

僕が、デンスケっていうゼンマイ仕掛けの録音機を持っていって、竹竿の先にクリスタルマイクというのを付けた。自分でゼンマイを巻きながら、２人にくっついて歩いて録ったんですよ。

１日目は、失敗したのね。やっぱり彼が僕のことを意識しちゃって。でも、２日目から全然意識しなくなった。それで、どんどん生の声が録れ始めた。


出演者２人に制作者が１人。３人だけで作ることのできるラジオドラマの世界が新鮮だ。また、本物の恋人たちが恋人役を演じるという発想も面白い。


映子ちゃんと寺山の会話を録ってくんだけど、面白いんだよ。たとえば店に入ってライスカレーを頼むと、「これはカレーライスか、ライスカレーか」っていう議論になった。

「違うよ。ライスカレーっていうのは、お皿の上にご飯がのってて、その上にカレーがドロッとかかってて、その上にグリンピースが三つあって、水のコップがあって、そこにスプーンが刺さってるやつ、あれがライスカレーだ。カレーライスは、ご飯とは別の器にカレーが入ってくるやつ。あれ？　逆かな？」なんつってさ、そういう会話が延々と続くんだけど、それ自体がラブシーンになっちゃってる。

一番面白かったのはね、不忍池《しのばずのいけ》のとこで足をブラブラしながら２人で喋ってた。僕はそれをマイクで録ってる。そしたらね、「俺、仕事辞めようかと思うんだよな」って寺山が言い出した。「どうして？」と映子ちゃんが訊く。「いや、やっぱり男子一生の仕事じゃねえよ、クリーニングはな」なんて言い始めた。

そのときね、映子ちゃんがそれに答えて「靴落ちるわよ、靴」って言うわけ。運動靴履いてブラブラしてるもんだから、靴が池に落ちちゃうってことを心配してさ。

これには、しびれたね。「靴落ちるわよ、靴」っていうのがね、貧乏な男のことを考えてる女の台詞になってんだよ。ちょっとたまげた。

普通、シナリオライターからは、「靴落ちるわよ、靴」って台詞は絶対出てこないですよ。でも、本当の愛情のある恋人同士にとって、なけなしの金で買った靴がね、池に落ちたらどうすんのって、そのことのほうが確かに大事なんだ。

最後は上野の山でベンチに座って、他のカップルもいるところで、ラブシーンというかキスシーンを録ろうとした。俺はベンチの下に潜り込んでさ、蚊に刺されながらマイク差し出してやったの。

うまい具合にいって、録れたんだ。「あのう、キス」なんつって、それで、なぜか「走ろう」なんつって走ってんのを、俺がデンスケ持って追いかけて、いいシーンが録れた。

でも、いざ編集しようと思ったらね、映子ちゃんの役名はヨシコにしてたわけ。ヨシコとマコトだったの。寺山は途中までは「ヨシコ」って言ってんだけど、最後キスをするときになったら「映子」になってる（笑）。使えねえんだよ。

寺山の家に3人集まって、そこに山本直純と谷川俊太郎も加わって手伝ってくれた。2人の会話に挟むアドリブというのか、酔っぱらいの役の谷川俊太郎と、やっぱり同じく酔っぱらいの山本直純に勝手なこと言わせて、それを編集したら、すごく面白くなった。この「靴落ちるわよ、靴」みたいなことって、僕の中で目から鱗《うろこ》だった。台詞ってこういうものなんだと思って。

愛してるとか愛してないとか、そんなこと言わないのよ。ただ、大事な靴が落ちちゃ大変じゃない、彼にとって。なるほどなと思って、現実ってこういうものなんだろうなって、すごく勉強になりましたね。

まさに虚と実の実験作。ドラマとドキュメンタリーの融合だ。ドラマにおけるシナリオや台詞とは何か、という本質論みたいなところまで踏み込んでいる。

それが成功したんで、あと2作やったんです、この手法で。一つはね、女優の大森暁美と、もう一人を使ってやった。

で、もう一つは、渥美清を使った。でも、役者の場合はダメでした。なぜかってね、アドリブをやるんだけれど、アドリブを1回頭に入れて、頭で台詞を作って、頭の中で脚本を組み立てちゃうのね。

渥美ちゃんはうまいんですよ。まるで本物がやってるみたい。ただ、寺山がやってた、本当のリアリティとは違う。うまいなあ、すごいなあとは思いましたけどね、やっぱりちょっと違うんだ。面白かったですけどね、渥美ちゃんも。

発信と受信

僕、物書きの仕事で大事なことは、書くこと、つまり発信することじゃなくて、受信すること、受信力だと思ってるんですよ。受信というのは要するに五感――視覚、聴覚、嗅覚、触覚、味覚のすべてを動員して、あらゆる現象を盗み取って吸収するということですよね。

人は他人の言うことや、他人が書いたものを吸収して、それで受信したと錯覚しがちなんだけど、それは聴覚や視覚のみの受信でね、真の受信の半分にも達してないという気がするんです。

というのは、人の喋りや書く文章にはね、虚飾とかホラとか自己顕示とか、そういったものが必ず交じっちゃってるわけですよ。それは僕が自分の文章とか喋りを考えても分かる。ホラだ、虚飾だ、ウソだ、フェイクだとか、そういうものを見抜くためには、まず書いた人や言った人の人間性を見抜かなくちゃいけない。

どう書くかというアウトプットのことばかり気にする人は少なくないはずだ。

だから、みんなアウトプットの勉強しちゃうんだけど、アウトプットの前にインプットの勉強がね、60パーセントはそれじゃないかって気がするんですよ。

変な話、僕は浪人時代にシナリオの勉強を始めたんだけど、最初の勉強って何かっていうとね、喫茶店に座って、隣のカップルの会話を盗聴することだった。というか喫茶店のみならず、電車の中とか他のところでも、とにかく人の会話を盗み聞くということがスタートでしたね。

それは聞いた後でメモしたりするのだろうか。

ものすごくメモします。それで分かってくることがたくさんある。なぜかと言うと、みんな脚本とか台詞というものを錯覚してると思うのね。そこには意味を通じさせるための言葉が並んでいて、それが主体だっていうふうに考えられているけど、違うんだ。

そうじゃなくて、人は「こういうことを言ったら相手に伝わるだろうか」「こんなふうに言ったら失礼だろうか」といったことを、いろいろ考えながら話すものなんです。

つまり、考えてる時間というものが「間」となって出てきて、その間のところで、本人の心の中の声「インナーボイス」がすごく動いている。それが僕はシナリオというものの神髄なんじゃないかって思ってるんですよ。だから、僕の台詞ってすごく間が多い。間という言葉が。

あの「間」という短い時間の中で、話している人は高速回転であれこれ考えるわけだ。

確かに、ひと言間違えたら口説けなかったりする。

そうそう。男が女に「今日行こうよ」とか誘って、「どこに行くの？」って言われたときに、「どこにって訊くのかよ」っていう、そのためらいと、「ホテル」とかそういうふうになかなかはっきり言えない部分があるでしょ？

インナーボイス

そういう部分、ためらってることが、喋っちゃいないんだけど、インナーボイスとしてあるわけです。そのインナーボイスを、いかに書かないで表現するかっていうことがシナリオのキモじゃないかと思う。

だから、インナーボイスを表現できる役者って名優ですよ。なかなかいないけど。

倉本が知る俳優の中で、「あの人は表現できている」という人は？

それはもう大滝秀治さんですね、日本では。外国では、アンソニー・ホプキンスですよ、圧倒的にインナーボイスを表現してるのは。あの人が間で、何言ってんのか見えるもんね。想像つくもの。それからロバート・デ・ニーロ、アル・パチーノ、あそこら辺はそうですね。マーロン・ブランドや、ロバート・デュバルも。

名優というのは、その間で何を思ってるかをお客に伝える演じ方ができる人のこと。だから、これはもう役者論にもなっちゃうんだけど、それ以前にシナリオとしてね、それを全部口で言わせるのは、簡単ではあるんだけど、ものすごく初期の戯曲みたいになっちゃう。

そういう自分の思ってることを言う、それに対して答えるというのが一番古典的な台本としてあるでしょ？　でも、そういうものじゃないと思うんですよ、日常会話って。僕、盗聴を重ねて、そういうことと違うって分かった。結局言えなくて帰ってきちゃうとかね。ましてや初めて会う人だったら、言葉を一つ出すのに相当に探りますよ。「こういう言い方すると、どう取られるんだろう」とか、「すべるんじゃないか」とか。

それをどう表現するかが台詞だと思う。だから、そのときの台詞のあいだに、ト書きとして表情をつけたり、いろいろ書くでしょ？　その表情の中にはやっぱり意味がありますよね。そこで、たとえば唾を吐いたとか、そういうのは全部意味を持ってくる。

ドラマの中の人物だけでなく、現実の人たちも実は喋っている言葉は氷山の一角で、見えないところに言葉をたくさん持っている、もしくは言葉を探している。しかも、その「間」は人によって全部違うのだ。

だから、間というのはその人だけの特徴になるわけです。この人はこういう間だというのがあって、そこに個性がある。僕の台詞に対する基本的な考えは、そういうことなんですよね。

倉本は「受信する力」と言ったが、仮にシナリオを書きたいと思った場合、喫茶店で聞き耳を立てるのも一つの手かもしれないが、訓練とか修業で受信力は体得できるものだろうか。

できると思います。たとえば今日、碓井さんがね、僕の話を聞くために背広で来たのかジャンパーで来たのかっていうのは、これはやっぱりかなり気になるポイントですよ。服装から読み取れることもたくさんある。

そのことに全然頭が行かなかったら、どんな形でもそんなこと関係ないっていう立場でものを見ちゃったら、受信力はゼロだってことですよね。髭剃《そ》ってきたか、剃ってきてないかとかさ。

倉本流「台詞論」

台詞ってね、大きく分けると言語発明以前と言語発明以後があると思う。言語発明以前というのは、音とかアクションとして出さなくちゃなんない時代です。

僕、外国行ってね、日本語を知りたいというご婦人に、三つだけ覚えなさいって言ったことがある。「寝たい、食いたい、クソしたい。この三つだけ覚えたら大体生活できるから」と。「寝たい」は睡眠のほうです。そしたら、もう喜んじゃって、「ねたーい、くいたーい、クソしたーい」なんつって大声で叫ぶんで困っちゃったけど。

ストレートに意思を伝えるってのは、本当に「寝たい、食いたい、クソしたい」なんですけど、そのストレートさへの反省とか羞恥《しゅうち》とか、自己嫌悪とか遠慮、そういうものが出現するんですよね。殊に日本民族は、羞恥心、慎ましさへの鋭敏さというのが他の民族より強いという気がするの。

　それがね、性別、ジェンダーによる独特の言葉を生んで、それが一つの美的習性として固着したんじゃないかって気がする。自分っていうのは、英語だと「I《アイ》」だけでしょ？　ところが、日本語の場合には、男だったら、「わたし、僕、俺、わし、おいら」、いっぱいありますね。それから、女だと、「わたくし、わたし、あたい、わらわ」みたいにいろんなのがありますよね。

　特にね、その羞恥やなんかの特性っていうのは、「語尾」の使い方に表れると思うんです。語尾はその人の生い立ちとか生活、身分その他。それから出身地から来る方言ね。人物のキャリアを自然に解説するものとして語尾があるという感じですよ。親密度なんかもそこに出てきますしね。

　台詞術っていうんだけれど、いい台詞というのはね、真理をついているかどうかです。しかも、その真理に普遍性があるかどうか。ユーモアがあるかどうか。毒があるかどうか。意表をついているかどうか。意外性があるかどうか。さらに心の深部に響いて、涙を呼び出せるものがあるかどうか。そこらへんに関して、会話に入ってくる「間」というのが、台詞の大きな要素だと思うんです。

だから、台詞は論理的であっちゃならないと僕は思ってる。論理的だと説明になっちゃって、文語体に近くなるのね。そうすると、シナリオならではの口語体の面白さを阻害しちゃう。小説家なんかが台詞を書こうとすると、とかく文学的に、文語的になりますよ。

台詞は、あくまでも喋る言葉だ。そして台詞は説明ではない。

台詞は口語体だから、主語、述語、目的語みたいなのが、めちゃくちゃにひっくり返っちゃったりしていいわけです。

僕がこれを学んだのは、小津安二郎と一緒に脚本を書いていた、野田高梧さんからなんだけどね。小津映画のシナリオって全部そうですよ。「ねえ、座ろうよ」って言うんじゃなくて、「座ろうよ、なあ」になる。「俺、会社を辞めたんだ」じゃなく、「会社辞めたんだ、俺」って述語のほうが先に来る。これはね、やっぱり目から鱗でしたね。

現実の会話を聞いても、逆のほうが多いんですよ。例の喫茶店の盗み聞きでも、人はきちんとした文法に則った喋り方なんてしてない。

述語が先でも話は通じている。それなのにシナリオでは、まず「俺は」「私は」と言わせてしまうものがある。

口語体である台詞は、試行錯誤しながら口から出なくちゃいけないと思うんです。その対極が国会答弁ですよ。原稿書いてもらって、それを読むから朗読になっちゃう。いわば調理がしっかりできてる文章になる。本当は、調理の曖昧《あいまい》さが台詞のリアリティを増すと思うんです。

調理し終わった言葉って、やっぱりそれは文語体で、小説の文章なんかは、出来ちゃった文章ですよね。文章と台詞の違いって、そこにあるんじゃないかな。だから、「あー」とか「うー」とかいう、吠《ほ》え声、唸り声、あれが言語の原型ですよね。動物見てるとさ、唸ったり、愛情を表現するときは喉を鳴らしてみたりするでしょ？

しかも表情がないんですよね。うちの犬なんかも、すごくこうペタッと来るんだけど、「お前、少し笑ったらどうだ」って言いたくなるのね（笑）。笑わないの。尾っぽを振るだけ。なんで尾っぽに感情が行っちゃうのかね、あれもよく分かんないんだけど。もう少し笑って来てくれると嬉しいなと思うんだけど。

その唸り声、うめき声、そこに言語というものが加わって、初めて台詞ってものが生まれたんじゃないかしら。そこのところをね、しっかりつかんでないと、いわゆる「説明台詞」になっちゃうんだね。台詞というものについて、そのことだけは言いたかった。

だから、一つも台詞のないシナリオって書きたくてさ。1回やったことあるんですよ。有島一郎と黒柳徹子でね、女房がお喋りなもんだから、「1日ぐらい黙れないのか」って怒鳴られて、それで黒柳徹子が黙っちゃうという。だけど、喋りたくてしょうがない。最後、トイレの中で一人でブツブツ言ってるという、そんなオチをつけたりしたのを書いたことありますよ。

それで成立するということは、逆に「台詞とは何だろう」と考えてしまう。

だって、普段ひと言も喋らない夫婦ってけっこういるじゃない。特に喧嘩した翌日の夫婦なんて、ほとんど喋らないよね。喋んないけど、けっこういろんな用を足してんだよ。

お茶とか。

台詞の面白さってそこにある。とかくシナリオっていうと、すぐみんな台詞に飛びつくでしょ？　それで、台詞の面白さっていうのをね、中身の面白さでみんな受け取るんだなっていう違和感があるのね、僕には。

そうじゃなくて、なんか突拍子もないときに突拍子もないことを言っちゃうから面白い。台詞自体じゃなくて、台詞の配し方というかね、そういうものが面白いという面があるのではないかと。

だから、まず、その動物的なうめき声から始まって、言葉というものは出来ちゃったんだってこと。で、その言葉、言語っていうのがあんまり発達し過ぎちゃったために、感情の表現を全部言葉のほうに頼っちゃう、言語に頼っちゃう風潮が出てきた。

言語が複雑になり過ぎたために、何ていうのか、台詞の神髄が消えてったという気がする。特にね、これ役者に当てはまるんだけど、ほとんど台詞の中身、意味に頼って喋ってる。吠え声とか、唸り声とか、むせび泣きとか、笑い声とか、そういうものに乗せてない。だから、下手くそな役者が出てきちゃうんですよ。感情のほうに寄せてないから。言葉の意味より感情が大事なんだ。

台詞の中に書かれてることも、どんどん意味になってくるしね。そこが芝居の台詞というもの、ドラマの台詞というものを考えるとき、一番大きなポイントじゃないかなって気がする。説明じゃないと思う。説明じゃなくて分からせるということだと思うのね。

倉本のシナリオを読んでいると、確かに説明などしていない。しかし、視聴者には分かるようになっている。また、ある台詞を面白いと感じたとき、「いかにもこの人らしいな」という納得感と、その逆で「あんたが言うか」という意外性の両方がある。

それは大事なことだという気がしますね。たとえば『火の用心』（90年、日本テレビ系）で、後藤久美子が言う「恋というのは愛に比べてどういうの、もっとやましいものでしょうが」って台詞がある。これが、まだ大人になっていない少女が持ち出す真理だし、そのおかしさなんだよね。

その台詞の普遍性を感じちゃってる俺たちの普遍ってどこにあるのっていう。決して高級じゃないところに俺たちの普遍はあるなって感じがする。

「やましさ」という言葉が、当時の後藤久美子のイメージとかけ離れていたからこそ、見る側はグッとくるのだ。

だから、役者が決まらないと、そういう台詞は出てこないわけです。

台詞と空間

今、この部屋っていうものを想像しないで、ただ2人の会話を書くとね、虫は飛んでこないですよね。「あ、カメムシ」という台詞は出てこない。たとえば、「がんになっちゃってさ」みたいな本当に深刻な話をしてて、「それで、抗がん剤打ってんの。あ、カメムシ」なんていう台詞がぴょこっと入ってくると、不思議なリアリティが生まれるんだよね。そのカメムシのにおいがプーンと室内に漂うわけよ。

そういう居る場所、その場所を、空気や温度といった気象まで含めて、どのぐらい想定して書けてるか。外で雨が降ってるのと晴れてるのとじゃ、会話ってやっぱり変わってくるでしょ？

部屋は絶対考えるよね。今どこで喋ってるかっていうのは。だからね、一番気になるのは、たとえば刑事ドラマや医者物もね、役者がみんな、どうしてあんなでっかい声で喋るの？

ここはお前、死にかけてるやつがいるのに、「(大声で) この人のがんは」って言うかってことなの。そういう基本的なことができてないわけよ、今、日本のテレビは。ちょっと考えりゃさ、できるでしょ？

素人なんですよ、役者も演出家も。さらにプロデューサーも素人だから抑えられないんです。

自分を前面に出したい俳優は、ひたすら「俺は！」「私は！」と大声になってしまう。それによってドラマ全体が幼稚というか、稚拙になっていくようだ。

声の大きさって、やっぱり今のテレビでは気になるな。昔、テレビの草創期にね、日テレの増田善次郎っていう名物プロデューサーに言われたことがある。

「お前な、テレビっていうのは、家庭の茶の間に入っていくものなんだ。それで、その家庭の茶の間ってのは、我々には分かんないんだ、どういう設定の家庭か。それは１００軒ありゃ１００軒全部違う。子どもが寝ついたところかも分かんないし、夫婦喧嘩の最中かもしれないし、死にかけてる親がいるのかもしれない。だから、そこへね、その茶の間に入っていくんだから、大声出しちゃいけない」

それから、「ギャーギャー笑ったりして入っちゃいけない」って言うんだ。「入口の暖簾をそっと小っちゃく開けて、『お邪魔します』つって入っていけ」って。これが一番最初に教わったことですよ。なるほどなと思った。それは僕、ものすごく忠実に守ってるつもりなんだけどね。

土足でズカズカ、ドカドカ入っていくでしょう、ギャーギャー笑いながら。今のテレビは、あれは耐えられない。

富良野塾でライター志望の連中に教えてたときも、ずいぶん注意したことがある。自分のアパートで、学生が恋人と話してるシーンがあったとして、「お前、このアパート、いくらのアパートなの？」って訊く。そしたら、「２万３０００円」とか言う。「相当安いアパートだよな。壁が薄いんだよ。ちょっと大きな声で喋ると、隣の部屋に聞こえちゃうよ。だから、セックスするのにもね、声ひそめてやんなくちゃなんない。そうすると、自分の部屋にいるのに小っちゃい声で喋ってるから、この若者の貧しさが出るんだ」って。

だけど大声で喋り合ったらね、貧しさは出ないでしょ？ 僕は小さい声のつもりで書いたのに、役者は大声で演じちゃうし、演出側も演じさせちゃうのが困る。これ、基本形を忘れてるってことなのね。

放っておけば、台詞の言い方で意味も変わってしまう。やはり、倉本は本読みに出なくてはならない。

だから、出るんですよね。そうすると、演出権の侵害だって（笑）。

第8章

シナリオ『火曜日のオペラ』第1話〈第一稿〉

シナリオ『火曜日のオペラ』
第1話〈第一稿〉

A（アクト＝劇の一幕）・1

●喫茶店

静かに流れているクラシック。
中尾竜一（23）と高橋みどり（21）。

●T――3月31日（木）

窓の外にチラホラ散っている桜。
クラシック。
間。

みどり「どうだったの」
竜一。
――一寸笑って首をふる。
竜一「散々だったよ」
みどり「――」
竜一「持ってった菓子折りもつっ返された」
みどり「――」
竜一「そういう話は大学を卒業して、きちんと就職してからにしろって云われた」
間。
みどり「いつ逢ったの」
竜一「先週の水曜日。これから成田に行って飛行機に乗らなくちゃならないからって、コーヒーも飲まずに〝失礼〟って行っちゃった」（一寸笑う）
みどり「――」

竜一「全く相手にしてもらえなかったよ」
　みどり。
　クラシック。
みどり「ゴメンナサイ」
竜一「君が謝ることなんてないよ。さすが商社の部長ともなると貫禄ちがいで圧倒されっぱなしだった」
　間。
みどり「失礼だわ！」
竜一「もういゝよ」
みどり「そんなわけ行かないわ。父ってそういう――傲慢なところあるのよ！」
竜一「もういゝって」（立つ）
みどり「何時の列車？」
竜一「3時40分」

●東京駅ホーム
　列車から降りてくる清掃員たち。
　立っている二人。
みどり「ねぇ。京都に一緒についていっちゃいけない？」
竜一「――」
みどり「父さんの帰国、明日の夕方の成田だから、それまで私――大丈夫よ」
竜一「――」
みどり「母さんなら何とでも云い訳つくし」
　列車の扉開き、竜一、中へ。
　みどり、車内へ入って歩く竜一をホームで追う。
　車内を移動し、席に着く竜一。
　その窓の外に向き合って立つみどり。
　竜一、車内からお道化《どけ》たように敬礼のポー

ズ。

みどり、泣きそうな顔でつっ立っている。

●飛んでいる飛行機の機内

●同、ビジネスクラス

マスクをかけて眠っている高橋三郎。

英語のアナウンスが機内に流れる。

〈後一時間で関西国際空港に到着〉

眠り呆けている三郎。

低く忍びこむオペラのアリア。

三郎のN（ホイスパー＝ささやき声）「又あのいつもの夢を見ていた。どうして最近、あの頃の夢ばかり見るンだろう。30年前の神楽坂の夢」

●神楽坂

石だたみの坂道、ゆっくりカメラが移動する。

N「大学生だった僕ら4人は藁棚横丁を少し入った学生下宿にみんな住んでいた。その藁棚荘の裏庭には少し離れて一つの土蔵があり、そこを改良して僕ら4人だけの秘密のかくれ家というか、アジトにしていた」

●アジト（蔵）

小さなストーブと、かなり豪華なハイファイステレオ。

ソファに坐ってオペラのレコードをきいている3人の学生。

上月。

N「上月五郎。当時東大医学部5年生。後に順宝堂病院の副院長にまでかけ上る男」

赤尾。

N「赤尾整。当時慶應義塾大学経済学部4年。後、日本を代表する広告代理店デンコーの取締役になる男」

戸村。

N「戸村草平。東大農学部大学院生。藻類の研究に命を賭けている。オタクと云った方が良い一寸した変人」

扉を開けて入ってくる高橋三郎。

N「そして、私。東大法学部4年生高橋三郎。今は総合商社ヒジカタ商事の食糧戦略部部長」

三郎、コートを脱ぎ火に当たる。

N「当時はまだ4人共学生で、本郷のオペラ同好会の同人であり、親友だった」

三郎（赤尾に）「例のマドンナ又来てるぞ」

赤尾「エ？」

三郎「いつもの電柱のとこにじっと立ってる」

上月「何とかしろよ」

赤尾「いゝンだ放っとけ」

上月「お前は女の切り方が下手すぎるよ」

三郎「全くだ。上月やオレを少しは見習え」

赤尾「男の質の問題だろうな」

上月「質？」

赤尾「セックスアピールが強すぎるンだオレは」

上月「何云ってやがる」

三郎「戸村、何とかしてやれよ」
戸村、黙って土蔵を出てゆく。
赤尾「悪いな。よかったらお前にやるぞ。気立ての良さはオレが保証する」
上月「よく云うよ」
N「話題の主はこの女だ」

●藁棚横丁

電柱の陰に立っている女子大生。

出てくる戸村。

顔伏せる女。

N「二宮涼子。同好会に去年入った東京女子大生。赤尾が手をつけ、あっさり棄てた」

戸村、震える手で煙草に火をつける。

N「この人が戸村の一生を変えてしまおうとは、当時まだ誰も思ってもいなかった」

●アジト

オペラをきいている3人。
赤尾「だけどあいつも変りもンだよ」
上月「戸村か」
赤尾「ウン。こないだふいに云い出したンだ。妙に熱心にボルテージ上げてな。地球の中であらゆるものが何らかの循環にくり入れられている。循環があるから世の中うまいこと廻ってる。なのにこの循環から一つだけ外れて不当に扱われてるものがある。それはオンコだ」
三郎「何だオンコって」

赤尾「オレも同じこときいたンだ。そしたら戸村曰く、オンコとはウンコの方言だっていうンだ」

上月「ウンコの？」

赤尾「あいつの生まれた富山の方じゃ、ウンコのことをオンコって云うそうだ」

二人「ヘエエ！」

赤尾「昔の日本じゃオンコも立派に暮しの循環に入ってたって云うンだ。お前知ってるか？　江戸時代ここらの長屋のおやじがどうやって暮しを成り立たせてたか」

上月「そりゃお前、店子《たなこ》の家賃だろう」

赤尾「それがそうじゃあないっていうンだ」

二人「――」

赤尾「店子は大体家賃をためるもンだ。そんな当てにならないもンは元々大家の収入にならない。それよりもっと確実なのは、店子の落すオンコだっていうンだ」

三郎「ウンコが金になったのか！」

赤尾「らしいンだ。関東でいやぁ埼玉や茨城、そこらの農村から米や野菜を買ってたわけだろ？　そこらから荒川や隅田川を通って農作物を運んでたわけさ。その同じルートで逆に江戸から埼玉や茨城の農産地に向けて江戸で出された糞尿が運ばれて、農産物のこやしになったわけだ」

上月「フム」

●喫茶店

戸村と涼子。

戸村「ですからそのころはオンコというものが食糧生産と直接結びついてて、つまり、喰う、出すという社会の循環の一番の基礎部分をになっていたわけです」

涼子（気押されて）「ハイ」

戸村「江戸にはいくつものオンコの問屋があってですね、大名・旗本の出す上品なオンコは〝勤番〟、一般町人の中品のオンコは〝町肥〟、共同便所から汲みとったのが〝辻肥〟、尿の多いのが〝たれこみ〟、牢屋なンかから取った栄養価のないのが〝下等品〟と仕入れ値が区別されてたンですよ。判ります？」

涼子「――ハア」

間。

戸村「つまりその頃は人の出した排泄物が、食糧生産に直接結びつく立派な資源として循環していた。戦前までの日本ではその状態がつづいてたンです」

涼子「――」

戸村「判ります？」

涼子「――ハイ」

音楽――情熱的に低く忍び込む。B・G

戸村「戦前の日本の農村には、そこら中に肥え壺というものがありました。便所から汲みとったいわゆるオワイを、畑の中に大きな穴を掘って、そこにため、醗酵するのを待つんです」

涼子「私のくににもよくありました」

戸村「あったでしょ!?」

涼子「遊んでて私、オッコチたことあります」

戸村「ヤッ!!　奇遇だ!　奇遇だなァ!　僕もオッコッて溺れかけたンです」

●アジト

赤尾「つまりそのころはオレたちの出したものが食い物の循環にくりこまれていた。それをこわしたのがGHQ。戦後のアメリカの駐留軍だっていうンだ」

二人「――」

赤尾「下肥えを畑にまくのは不潔であって、野菜などに直接ウンコがくっつく。そういう不衛生はやってはいかんってことで農薬ってもんがアメリカから入ってきた。それによってウンコは単なる不潔な廃棄物として捨てられる運命になっちまった」

音楽――低くつづいている。B・G

間。

上月「で?」

赤尾「それがもったいないってあいつは云うンだ」

間。

三郎「そりゃあたしかにそういやあそうだが」

赤尾「もしこの廃棄物として捨てられているクソがだ、資源として見直されることになったらこれは産業革命をしのぐ、食糧革命になるっていうのが、戸村のやってる研究だっていうンだ」

間。

上月「遠大な研究だな」

赤尾「ウン。けどあのバカ、大まじめなンだ」

音楽――セグエしてオペラに戻って行く。

赤尾「人間が１日に排泄するウンコの量は大体平均　２００ｇなンだそうだ。日本の人口を１億２０００万とすると、１日２万４０００トンのウンコが廃棄物として捨てられている。世界だとこれが１日１５８万トン、ジャンボ機の重さに換算すると、」（Ｆ・Ｏ）

Ｎ「この時話題になった冗談みたいな話が、その後の僕らの人生を変える大事業に発展して行くなンてことを」

●機内

眠っている。

●窓外

滑走路が間近に近づいている。

Ｎ（つゞく）「その頃僕らは考えてもいなかった」

●飛行機

ドスンと着陸する。

●機内

三郎、ハッと目をさます。

到着を知らせる英語のアナウンス入る。

●タクシー

空港から出てきた三郎のりこむ。

三郎「神戸。舞子へ行って下さい」

●走るタクシー

　三郎、スマホにしゃべっている。

三郎「高橋です。会長にお伝え下さい。たった今、関空に着いてそちらへ直接向っています。一時間弱でお邸の方に着くと思います」

　音楽――

　スマホを切り、ぼんやり窓外の日本の景色を眺める。

A・2

●舞子

　松林のそばで車を降りる三郎。

●豪邸

　その表札に「土方寓」の表札。その門の前に立つ三郎。

　ブザーに手を伸しかけた時、門扉が自然に中から開く。

●池

　鯉が泳いでいる。

　その池のほとりの飛び石を、老庭師に案内されて歩く三郎。

●茶室

　炉の鉄釜から湯煙が上っている。

声「まぁまぁお坐りなさい。お疲れでし

たでしょう」
三郎の声「ハ」
声「関空から車で？」
三郎の声「ハ」
声「ワシントンから何時間」
三郎の声「乗継ぎ入れて20時間以上」
声「そりゃ大変だ。少しは眠れましたか」
三郎の声「殆んど爆睡しておりました」
声（笑）「そりゃあ重畳《ちょうじょう》」
茶を点てている関西財界の雄。
総合商社ヒジカタ会長 土方歳臣。
茶が出される。
三郎「いたゞきます」
点てられた抹茶をゆっくりと飲む。
土方「どうでした」
三郎「ハ。万事スムーズに」

土方「それは重畳」
三郎「――結構なお手前でございました」
茶碗をそっと返す。
土方「社へは？」
三郎「明日――4月1日に帰国することになってます」
土方「ウン」
三郎「――」
土方「今日着いたことは石黒君にも伏せてありますか？」
三郎「ハ。部下の山形も誰も知りません」
土方「（笑う）重畳」
間。
土方「パイン社の方は」
三郎「万事ＯＫです。予定通り5月1日の一斉公表ということで、ダン・ミラーもその前日に、自家用ジェットで来日します」

土方「うむ」

三郎「ニューヨークタイムズとCNNへは、その機内で直接明かすそうです」

土方「重畳」

間。

三郎「オプト製薬の方は」

土方「順調。筧《かけい》君が万事心得て進んでます」

三郎「ありがとうございます。それから」

土方「まァ、あっちへ席を移しましょう。今日はまだ時間、大丈夫なンでしょう？」

三郎「ハイ」

手を叩く。

女の声「（水屋の奥で）ハイ」

土方「あっちに移ってかまわんかな」

女の声「いつでも」

土方「うん」

●バー

庭に面した静かなバー。

ウイスキーグラスを用意した和服の女が黙って一礼し、部屋から退く。

どこかでカーンと獅子おどしの音。

土方「では、更《あら》めておつかれさん」

三郎「ハ」

乾盃する二人。

土方「デンコーの方は、うまくやってくれてますか」

三郎「ハ。赤尾が万事」

土方「重畳」

カバンから書類出す。

三郎「これがオプトとの第3次の覚書きとCEOの念書です。契約書は既に務台専務にラインで」

土方「届いてます。見ました。あれで結構」

三郎（頭一寸下げる）

土方「それにしてもあっちの契約書の細かさにはおどろいた。一体何人位弁護士がついてるンです」

三郎「今回位のプロジェクトになると60、70人は下らないと思います」

間。

土方「わが社も見習うべきとこでしょうな」

三郎「ハ」

間。

土方「アリゾナの現場は見ましたか」

三郎「第1から第4プラントまではもう実験もすみ、試験稼働が終ってます。現地には野村と井上もはりつけてきました」

間。

土方「オンコの貯蔵プールは」

三郎「一寸度肝をぬく巨大な施設です」

土方「でしょうな。――これまではどう処理してたのかな」

三郎「熱処理が主だったときいてます」

土方「焼いてたわけですか」

三郎「だと思います」

間。

土方「移送の方は」

三郎「順調です。上院議員が動いてくれまして全米廃棄物運送組合の全面協力をとりつけたそうです」

土方「間に立った議員は民主ですか共和ですか」

三郎「超党派です」

間。

土方「搬路の問題は」

三郎「今、各州の移入搬路について最終的ルートの確定作業に入ってます」

間。

土方「あの何とかいう上院議員」

三郎「ホフマンですか」

土方「ウン。そっちは」

三郎「環境問題は全てクリアしてくれました」

間。

獅子おどしの音。

土方「公聴会の方も片づいたンですね」

三郎「極秘ということで終了しました。最初のうちは大もめだったらしいです。話があまりに奇想天外すぎて、笑い出す委員もかなりいたみたいです。しかしダン・ミラーCEOと、マサチューセッツ工科大学のマクガイア博士の説明で一挙に形勢が変りました。今はもう一部の関係者の間で、オンコという言葉が市民権をもったようです」

間。

土方「これまで単なる廃棄物だったものが、思いもかけない資源となると、これは世紀の食糧革命ですよ。戸村博士は一躍時の人になるでしょう」

三郎「一部では早くも今年のノーベル賞候

　補の噂が出ているそうです」
土方「でしょうな」
　間。
土方「戸村博士は今どこですか」
三郎「工科大学の研究室に、軟禁状態にし
　てあります」
土方「軟禁状態」
三郎「その方がお互い良いンです。あいつ
　は研究バカの変人ですし。相変らず報
　酬を取ろうともしません。スピルリナ
　の増殖に夢中にならせておいた方がプ
　ロジェクトの機密も外部に洩れないで
　すむと思います」
　間。
　グラスを黙ってゆすっている土方。
　三郎。

土方「高橋さん」
三郎「ハイ」
　間。
土方「この計画の機密性は現在どの位保た
　れてると思いますか」
　間。
三郎「多少の噂は拡散してるでしょうが、
　実際には一切機密が守られていると思
　います」
土方「――」
　間。
　三郎。
　土方。
　――グラスをゆすっている。
三郎「何か――そういう――。気配があ
　りますか」

間。

土方「いや」

三郎「――」

土方「今のとこは大丈夫でしょう。只――」

三郎。

土方「ルウィナという名前をきいたことありますか」

三郎「ルウィナですか」

土方「うン」

間。

土方「アノニマスの名はきいてるでしょう」

間。

三郎「国際的なハッカー集団ですか」

土方「うン」

三郎「――」

土方「どこの国のものか判らないが、ルウィナという似たような集団が最近暗躍を始めてるらしくて。デジタル省も警戒しているという情報が、私のとこに届いてます」

三郎。

三郎「それが――何か」

土方。

土方「務台の部署のコンピューターに、ルウィナらしきものが侵入しようとした痕跡があったそうです」

三郎――急にメモをとる。

音楽――低く不気味な旋律で入る。B・G

三郎「それはこのプロジェクトに関してですか」

土方「まだそこまでは判りません」

三郎「――」

土方「只、その文の中にクロレラという言葉があったそうです」

三郎。

間。

三郎「スピルリナじゃなく、クロレラですか」

土方「えゝ」

間。

三郎「とするとそのルウィナのつかんでる情報は少し古いものになりますね」

土方「務台も同じことを云ってました」

三郎「――」

土方「只、その文中で、ダン・ミラーらしき人物の存在に、さり気なく触れられていたらしいンです」

三郎「――」

土方「はっきり明言したわけじゃありませんが、どう見てもダンだと推測できる人物のことが、さり気なく登場していたらしいです」

間。

三郎。

三郎「ダンの方にはその件伝えてありますか」

土方「あります」

三郎「ダンの方は何と」

土方「彼の方にも似たようなメッセージがルウィナの名前で届いたそうです」

三郎「――」

土方「只不思議なのは、だからどうしろという相手方の要求が何も書かれていないそうなンです」

三郎「――」

土方「云うならば単に、我々のプロジェクトのことを、知っているゾと知らせてきたわけです。だからどうしろとは一切云ってない」

間。

三郎「目的は何でしょう。敵の目的は」

土方「判りません」

三郎「――」

土方「そのうち何か動きがあるでしょうが、今の所全く要求も何もない。そこが反《かえ》って無気味です」

間。

三郎「どこの国の組織でしょう。そのルウィナという集団は」

土方「今のところ全く見当がつきません。そのうち次の動きがあるでしょうが、それまでは何とも手の打ち様がありません」

三郎。

間。

土方「念の為に、ルウィナとはどんな意味をもつのか、務台のところで調べさせました。そしたらラテン語にその言葉が見つかりました」

三郎。

土方「多分その意味じゃないかと思いますが、〝破壊〟〝倒壊〟という意味をもつそうです」

三郎。

音楽――ぐいぐいと盛上り、プツンと切れ

る。

静寂。

獅子おどしの音がカーンと鳴る。

土方「君のパソコンのガードの方は大丈夫でしょうね」

三郎「大丈夫——だと思います」

土方「パスワードは何桁に設定してあります」

三郎「12桁です。それに記号を入れてあります」

間。

土方「一応定期的に新しいものに変えた方が良いでしょう」

三郎「そうします」

土方「赤尾君にもそう伝えて下さい」

三郎「判りました」

間。

土方「戸村先生にも、お願いします」

三郎「すぐ、今日中に手配します」

間。

土方「君は今日はこれから？」

三郎「京都に宿をとってあります」

土方「場所は？」

三郎「都ホテルです」

土方「僕の車をお使いなさい」

音楽——衝撃音。

●車

阪神高速をつっ走る。

●同、内

パソコンを拡げ、文字を打つ三郎。

●車の外に

夕陽が赤く海を染めている。

●京都南インター

車がインターを下りて行く。

●京都

そろそろ夕闇の下りてきた京都に、三郎の乗った車がすべりこむ。

A・3

●都ホテル

車がついて三郎降りる。マスクをつけている。

ボーイがトランクから荷を下ろす。

●フロント

三郎「予約してあります三村浩三です」

フロントマン「三村さまですね。お待ちしておりました。2名様ですね」

三郎「つれは後から来ると思います」

フロントマン「畏《かしこ》まりました。最上階のスウィートをおとりしてあります。只今ボーイがお荷物をお運びします。どうぞごゆっくりお過し下さい」

スーツケースをカートに積んでボーイがエレベーターに歩こうとする。

三郎「一寸ラウンジへ寄って行くから荷物を部屋へ入れといて下さい」

フロントマン「畏まりました。ではキーをお渡ししておきます」

三郎「ありがと」

●ラウンジ

入り口に来て、中を目で探す三郎。

女の声「（後ろから小さく）手を上げろ」

その腰にピストルが押しつけられている。

三郎、一寸手を上げる。

三郎「殺さないで！」

向き直る。

ピストルの形の手を下げる九条あけみ（31）。

あけみ（ニッコリ）「お帰り」

三郎「只今」

二人、並んでラウンジの隅の席へ。

●隅のシート

三郎「何時頃ついた」

あけみ「30分位前」

三郎「フロントには？」

あけみ「三村さんの名前できいてみたら、まだお着きじゃないっていうから、ここで見張ってたの」

三郎「部屋に入っててくれたらよかったのに」

ニッコリ首ふり、煙草に火をつけるあけみ。

高く組んだそのひざの肉づきがドキンとする位なまめかしい。

ゴクンと唾をのみ、じっとひざを凝視する三郎。

あけみ（ニッコリ）「おなか空いてるの？」

間。

三郎「ペコペコ」

間。

あけみ「私も」

ひどくゆっくり足を組みかえる。

スカートの奥の白い豊満な腿が見える。

三郎――ゴクリ。

あけみ「お肉はミディアム？　それともレア？」

三郎「レア」

あけみ（微笑）

三郎「タルタルがいゝ。うンとスパイス効かして」

ウエイトレスがテーブルに水を置く。

あわてて平静を粧《よそお》う二人。

ウエイトレス「何にいたしましょう」

あけみ「ア、コーヒー」

三郎「ボクも」

ウエイトレス「かしこまりました」

ウエイトレス、レジの方へ戻って行く。

――その脚をフォローするカメラ。その脚と交差してラウンジに入ってきた男の足が急に止る。

ウエイトレスの声「いらっしゃいませ」

男の足。

間。

――さり気なく今来たロビーの方へ戻る。

その足を追うカメラ。

男の足。

――さり気なくその場をはなれ、ロビーの柱の陰に立つ。

そこからそっと三郎たちをうかがう。

間。

●ラウンジ

遠い隅の席にいる三郎とあけみ。
三郎、マスクをとる。

●ロビー

そのマスクをとった顔を確認する男。
その顔は
みどりの恋人中尾竜一である。
――一寸考えてスマホを出し、ボタンを押す。

●スマホ画面

竜一「京都についた」
返信がすぐ来る。
みどり「ついて行きたかった♡♡」
竜一「今度」
みどり「今どこ？」
竜一「中込たちと逢うところ。質問、お父さんの帰国いつだった？」
みどり「明日の夕方、成田。どうして？」
間。
竜一「何でもない。もし君が京都に来たら、何時頃までいられたかって思ったンだ」
みどり「だから云ったじゃない。お昼すぎまでなら大丈夫だって」
間。
竜一「中込が来た。又メールする」
切る。

●ロビー

中込（入って）「待ったか」
竜一「いや。――出よう」
中込「どうした」
竜一「一寸まずい人が奥に来てる」

●エレベーター

　ランプが一階へ下りて止る。
　スッとのりこむ三郎とあけみ。

●エレベーター 表示

　最上階で停止する。

●エレベーターの前

　それを確認して離れる竜一。

●ホテルの玄関

　竜一と中込、つれ立って出る。
竜一（さゝやく）「最上階の宿泊者名簿、――
　判るか」
中込「服部ならすぐ出せるだろう」

●服部の部屋

　パソコンを操作する服部。
　見ている竜一と中込。

●パソコン画面

　最上階の宿泊者名簿が流れ出る。
服部「判ったか」
竜一「ごめん、もう一度頼む」
　名簿が流れる。
　見ている竜一。

竜一「ストップ！」

最上階のスウィート

「三村浩三（54）ー会社員

あきこ（31）ー同妻」

竜一「これだな。多分」

中込「誰だ」

竜一「一寸した知合。偽名を使ってる」

服部「おしのびか（笑）。それよりⒸから提示があった」

竜一「いくつ」

服部「20」

竜一「まだまだだな。40までは吊り上げろ」

服部「こっちは50まで上げるつもりだ」

音楽――低く忍び込む。

●都ホテル（部屋）

三郎とあけみ。

シャワーを浴びたらしい二人。

ビールを飲んでいる。

三郎「どうだ銀座は」

あけみ「コロナですっかり変ったわ」

三郎「――」

あけみ「ル・マン。とうとう店を閉めたわよ」

三郎「へえ！　ル・マンがね」

あけみ「よしこママ 行方不明。それからモリエールも」

三郎「モリエールも!?」

あけみ「あすこ新劇の女の子が多かったじゃない？　泣きつかれてうちで二人拾ったわ」

三郎「当ててみようか」

あけみ「何を」

三郎「誰を拾ったかさ」

あけみ「判る？」

三郎「ルミともえ子だろ」

あけみ「ピンポーン。よく判ったわね」

三郎「ママ好みのはあの二人位だ」

あけみ「うちもまだ半分苦しいンですけどね」

三郎「ママンとこは大丈夫だ。コロナぐらいじゃビクともしない」

あけみ「そうでもないのよ。やっとマン防が終ってからまだ7割にも戻ってないかな」

三郎「7割なら立派だ」

あけみ「そんなことないわよ。今度又外国で新しいのが出たっていうじゃない？」

三郎「オプロンかい？」

あけみ「そう」

三郎「あれはまだ南米の一部に出ただけだろ」

あけみ「だけどものすごい致死率っていうじゃない!?」

三郎「あれは大丈夫だろ。日本にはまだ全く入ってない」

あけみ「油断できないわ」

三郎「赤尾は来てるかい？」

あけみ「たまにね」

三郎「エリカをおとせたのかな」

あけみ「どうかな。あの娘、ああみえて中々したゝかよ」

三郎「赤尾もしたゝかだぜ」

あけみ「それは判ってるけど」

三郎「ポチは来てるかい？」

あけみ「石黒常務？　おたくの」

三郎「あゝ」
あけみ「時々ね」
三郎「あいつまだあのクセ抜けないか」
あけみ「抜けないわ全然」
三郎「困ったもンだ。あの人のクセにも。
飲まない時は全然カタブツなのにな」
あけみ「突然来るのよね。ポチったらベロッ
と」
三郎「あのくせのおかげでポチっていうン
だ。社長の顔なめて謹慎処分になった
っていうものすごい前科のある人だか
らね（笑）。ママもやられたか」
あけみ「やられましたよ」
三郎「どこを」
あけみ「オデコと肩」
三郎「こうやって？」（なめる）

あけみ「イヤだ」
三郎「こっちを？」
あけみ「くすぐったいわ」
三郎「こゝらか」
あけみ「ア！　イヤ！——ううん！　ダ
メ！　そこは——アア！」
押し倒す。
（この後は恥ずかしくてとても書けない）
音楽——静かに盛上って、消えてゆく。

●窓

闇。

●ベッド

コトが終って抱き合って眠っている二人。
疲れ果てて眠っている三郎にゆっくり寄るカ

メラ。

●夢

30年前のアジト（蔵）。

上月の声「オイ、見ちゃったよオレ」

三郎の声「何を」

上月の声「戸村とマドンナ」

三郎・赤尾「エ!?」

赤尾「ホントか!?」

●アジト（蔵）

上月「お茶の水のジローの奥の席で、二人がかくれて逢ってるの」

三郎「ウソ！」

上月「あれは只事じゃなかったゾ」

●アジト（別の日）

戸村「ちがうよ！　あれは」

上月「かくさなくったっていゝよ」

戸村「そうじゃない！　ちがう！　あれは彼女の将来の夢を」

赤尾「ヤッたのか」

戸村「ヤ」

赤尾「いざとなるとあの娘大胆だろ」

戸村「オイ！」

赤尾「あの娘の弱点教えてやるよ。首すじだ。こゝ」

戸村、いきなり赤尾に殴りかゝる。

赤尾、苦もなくかわして戸村を押さえ込む。

赤尾「白状しろ！　コラ！　云え！　良かったか。どうだった」（くすぐる）

戸村「止めろ」

赤尾（くすぐる）「白かったろあいつ。白くてやわらかくて」（くすぐる）

戸村「止め――」

赤尾「かくすな。コラ。白状しろ」

上月（割って入る）「止めろ！　赤尾！　バカいいかげんに」

上月、赤尾を戸村からひっぺがす。

赤尾――はなれる。

間。

三郎「オイ」

戸村「――」

間。

三郎（戸村に）「泣いてるのか」

戸村「――」

間。

三郎（戸村に）「お前、マジに泣いてる？」

戸村「――」

上月「あやまれ赤尾。――こいつ泣かしちゃったゾ」

泣いている戸村。

赤尾「ゴメン。悪かった」

上月「冗談だよ、バカ。泣く奴があるか」

顔をおおって泣きじゃくっている戸村。

目覚しのベルが遠くから鳴る。

●ベッド

目をさます三郎。

間。

カーテンのすき間から陽が入っている。

はね起き、目覚しを止める三郎。

きちんと整理されている室内。

隅の枕にあけみのメモ。

「よく眠ってるので、一足お先に東京に帰
ります。
楽しかった。とってもおいしくて大満腹。
時差ボケ早くとって下さい。(あ)」

●T――4月1日（金）

時計を見る。
もう午後2時過ぎ。
三郎。

●新幹線

つっ走る。

●夕暮の東京に

新幹線が入って行く。
音楽――

●カサ・カンブリア

大崎にある5階建てマンション。
タクシーを降りる三郎。
スーツケースをとり、入口へ向う。
マンション・入口へ。
暗証番号を押して中へ入る。
音楽――

A・4

●高橋家・居間

夫人の佑子と娘のみどりが食事の支度。

●書斎

パソコンの前に部屋着に着替えた三郎。

たまったメールをチェックする。

スマホを開いて短縮ボタンを押す。

三郎「あゝ山形君？　たった今着いた。ううん家。イヤ、羽田着で。便が急に変ったもンだから。うン。色々御苦労さん。――まだ社？――御苦労さん。ミホちゃんは？――あゝ、悪いねもう帰らして下さい。――常務は？――うン――うン。――うン。――判った。――判った。イヤ明日9時には出る。土曜なンて云っちゃいられない。大丈夫だよ。大丈夫。悪いけどそれじゃその時に。頼む。ハイ（切る）」

ノックの音。

三郎「ハイ！」

佑子の声「お食事、いつでも」

三郎「おゝ！」

●テレビ

AN「バハマ諸島に飛び火した超大型の新型ウイルス・オプロンAは、南米からメキシコへと拡がっており、コロナで苦い経験を味わった厚労省では水際対策の徹底に今までにない力を入れており」

みどり「父さん」

三郎「ん？」

みどり「中尾さん、こないだ逢いに行ったでしょう？」

三郎「中尾――あゝ、お前の紹介の京大生な。来た。丁度、来客中のところだったンで、5分ばかりしか逢えなかったが。あれはお前とどういう関係の奴だ」

みどり「――ボーイフレンドよ」

三郎「ボーイフレンドね」

みどり「きいてくれたの？　ちゃんと話を」

三郎「何か、ＩＴ関係の話だったかな」

みどり「彼、秀才よ。京大の理研の。父さんに」

三郎「みどり。ありゃまだ大学生だろ。今何年だ」

みどり「3年」

三郎「悪いが父さんは就職関係の部署じゃない。第一お前とどういう関係か知らんが」

スマホ鳴り、相手の名前を見てとる。

三郎「おお、帰った。うン。さっきだ。一寸待て。（佑子に）めし、終了。部屋で一寸重要な話があるから、今日はもういゝ。勝手にねるから。ごちそうさま」

部屋を出る。

●書斎

入ってドアに鍵かけ、デスクへ。

三郎「ごめん。――あゝ、――うン。実は昨日のうちに関空経由で帰ってた。――誰も知らんよ。常務も、部下の山形もだ」

間。

三郎「会長に逢って報告していたが全て順調。予定通りだ。5月1日に全面公開する。――戸村？」

間。

三郎「ロシアに!?　いつ!――棟方がしっかり見張ってたンじゃなかったのか」

間。

三郎「シレンチュウマ?――何だそりゃ。――新種のバクテリア?」

間。

三郎「ツンドラの中からそれが出たのか。待て待て。初耳だぞそれは」

間。

三郎「云ったじゃないか。危険だぞあいつは!　そういう関係のことになるとあいつは」

●戸村（フラッシュ）

ロシアの森の中を一人歩いている。

●書斎

三郎。

三郎「うン――うン――。うン――うン――」

●戸村（フラッシュ）

苔の大地に膝をつき、虫めがねでそれを見つめている戸村とセベロ博士。

●書斎

三郎。

三郎「一寸待て。書き留める。アルハンゲリスクの極地研究所だな。何?　セベロ?――セベロ博士?　何だそいつは――細菌学者か。――有名な奴なのか」

●戸村（フラッシュ）

採集函《ばこ》に苔を採取する。

●書斎

三郎「スピルリナより有効なのか。――それは勿論。――だけど赤尾？――大丈夫かね戸村は。マナ・プロジェクトのことをあいつその博士にペロッとしゃべったりしてないだろうな」

●戸村（フラッシュ）

顕微鏡の世界に集中している。

音楽――カヴァレリア・ルスチカーナの序曲が忍び込む。

●書斎

ゆっくりパジャマに着替えている三郎。

その顔に

●記憶

戸村と二宮涼子（若き日の）。

●書斎

三郎。

●喫茶店（記憶）

三郎の前にいる戸村と涼子。

三郎「それでいつ式を挙げるンだ」

戸村「それは多分まだずっと先だ」

三郎「——」
戸村「彼女、しばらく外国にいくんだ」
三郎「外国？　どこに」
涼子「アフリカです」
三郎「アフリカ!?」
涼子「ハイ」
三郎「アフリカのどこ」
涼子「中央アフリカ、ウガンダ。スーダンのあたりです」
間。
三郎「あなたオペラ歌手をめざしてたンじゃなかったの」
涼子「そうです」
三郎「アフリカにそういう学校か何かがあるンですか」
涼子「ちがいます。アフリカに行くのは別の目的です」
三郎「——どういう」
間。
戸村「彼女、青年海外協力隊に3年の約束で参加するンだ」
三郎「そりゃ又どうして」
戸村「——」（涼子を見る）
涼子「先輩がそっちの活動をしてます」
三郎「——」
涼子「その先輩がこの前帰国して向うの実情を知らされました」
三郎「——」
涼子「撮ったフィルムもいっぱい見ました」
三郎「——」
涼子「向うは飢餓で今大変なンです。子供たちが飢えに苦しんでいます」

三郎「――」

戸村「それ見て彼女、じっとしてられなくなったんだ」

間。

三郎「オペラ歌手の夢は捨てちゃうの？」

涼子「それは捨てません。只、今その前に自分にやるべきことがあるンじゃないかと思うンです」

間。

三郎「あっちは危険なんじゃないのかい」

涼子「――」

三郎「たしかRPFが大量虐殺した事件があったとか」

涼子「それはルワンダです。私の行くのはウガンダです」

三郎「ルワンダとははなれているンですか」

涼子「少しはなれていると思います」

●ベッド

三郎、布団に入り、じっと天井を見つめている。

涼子「先輩がこないだ日本に帰った時、日本のテレビで大食い競争を放送してるのを見て、涙を浮かべて怒り出したンです。同じ地球の東と西で――こんなことしてる国許せないって」

三郎「――」

涼子「それを見て私、――自分に出来ることは何だろうって考えたンです。歌で人の心を慰めるのも良いけど――。でもその前に世界の片側で一体どんなことが起こっているのか」

電話のベルが鳴る。

記憶の映像がプツンと切れる。

三郎、時計を見る。

午前1時を廻っている。

眉をひそめて電話をとる。

三郎「ハイ」

声「夜分突然申訳ありません。私、厚生労働省疫学調査特別班の内海と申します。高橋三郎さんでいらっしゃいますね」

三郎「ハイ」

声「昨日3月31日、アメリカン航空１２６便でサンフランシスコから関西国際空港にお着きになりましたね」

三郎「ア。イヤ。——ハイ」

声「座席はビジネスクラス６番のＢにお座りでしたと思いますが、まちがいないでしょうか」

三郎「——ハイ」

声「あなたのお隣の席、６番のＡにアメリカ人のビジネスマンが坐っていらしたのを覚えておいででしょうか」

間。

三郎「ハイ。——おぼえてます」

声「その方が31日の深夜、新型オプロンを発症して大阪中央病院のＩＣＵに緊急搬送されました。重態です。お隣に坐っていらしたあなたは濃厚接触者ということになります」

三郎「エ?」

声「何か体に何らかの異常がございますでしょうか」

三郎「――いえ」

声「大変突然で申訳ありませんが、あなたは濃厚接触者ということで、しばらく緊急隔離されることになります」

三郎「ハ？」

声「現在同居の御家族は何人おいでですか」

三郎「ア――妻と娘が同居しています」

声「では申訳ありませんが、今からその御家族との接触を可能な限り避けていたゞくことをお願いします」

三郎「ハ、ハイ！」

音楽――衝撃音。砕けて低い不安定なB・G。

声「御住所は品川区上大崎4の5の19にまちがいありませんね」

三郎「まちがいありません」

声「今から大体30分以内に緊急車輛がそちらにお迎えに参ります。品川保健所の係官と医師が同行いたしますので、その係官の指示にしたがって下さい」

三郎「ま、待って下さい！　その隔離される病院は、そちらの指定の所に限られますか」

声「どこかかゝりつけの医療機関がございますか」

三郎「ハイ、アノ、友人が――ごく近しい友人が順宝堂病院の副院長をやっております。そちらに隔離していたゞけますと色々都合が」

声「判りました。ではそちらに至急連絡して空部屋の有無を確認して下さい。

それと——昨日関空に到着してから、接触された方々のリストを作りたいので、可能な限り思い出して書き出しておいて下さい」

三郎「ハ——！」

声「品川保健所の感染症技官がまもなく伺います。よろしくお願いいたします」

三郎「ハ」

声「では」

三郎「ア——」

電話、もう切れている。

三郎。

スマホを置き呆然とする。

間。

音楽——無気味につゞいている。

三郎、あわてて枕元の電話を取り、内線ボタンを押す。

三郎「佑子か、オレだ。大変だ。今厚労省から電話が入った。帰りの飛行機の隣の席に、今さわがれてる新型オプロンの感染者が坐ってて、そいつが現在重態らしい。俺はその濃厚接触者ってことにされちまった。だまって！　おちつけ！　おちついてきけ！　俺が濃厚接触者だってことは、お前もみどりももう濃厚接触者だ！　もうじき保健所から車が来て、どっか病院に隔離される！——判らん！——いや判らん！——そんなことオレには判らないよ！　とにかく今俺の部屋には来るな！　みどりにもそう云って、隔離される準備だけ急いでしてくれ！　とにかくオレは上月に電話する」

切って、スマホをとる。

短縮ボタンを押す。

三郎「あっ五郎か！　オレだ！　高橋三郎だ!!　さっきアメリカから帰国したばかりだ。イヤ（声ひそめる）本当は昨日だったけど家にも会社にも昨日帰ったことは極秘になってる！　たった今厚労省からの電話で、例の新型オプロンの患者が機内の隣の席に坐ってたらしいンだ。そうだよ！　そいつが発症してオレは濃厚接触者としてまもなく保健所から迎えの車が。――イヤそのことは後で話す！　イヤそうじゃない。本当は昨日なンだ。だけどそのことはかみさんにも会社にも――いやその事情はいずれ――待て！　落着けよ！　落着きなさい！――イヤ、オレは極めて落着いてますよ！　イヤともかく、ともかく隔離されるンならお前ンとこに入れてもらえないか。イヤイヤ、オレだけだ。かみさんたちは別で良い。イヤ症状はまだ何も出てない！　とにかく病室だ！　何とかお前の目の届くとこに。もしもし！　きこえてるよ！　落着いてるよ！　五郎、お前ちゃんときこえてるか!?」

音楽――ぐんぐん盛上ってはじける。

第9章 そして、創作の「原点」

この本のために、倉本が書き下ろしつつあるオリジナルドラマ『火曜日のオペラ』。しかも企画書、全7話のシノプシス、主人公の履歴と地図、第1話の大バコと完成シナリオまでを公開してきた。最後に、ここまでのプロセスを振り返った上で、倉本に創作の「原点」について話を聞いた。

神楽坂と藁棚荘

新作『火曜日のオペラ』の大事な舞台として、神楽坂が選ばれている。

僕にとって神楽坂は、土地勘がすごくあるわけね。40歳前後にあそこの花街で相当遊んだんです。その頃の芸者が今、卒業して喫茶店やったりなんかして、まだ今もけっこう深く付き合ってる。

藁棚というのはね、僕がいつも原稿用紙を買う相馬屋というとこからまっすぐ入ったとこが藁棚横丁なんですよ。

藁棚は実在します。ただ、あそこはいわゆる神楽坂の石畳じゃなくてアスファルトでね。もしも、あそこが石畳だったらいいなと思ったんです。料亭がある辺りの階段状の石畳みたいな。

とにかく神楽坂って坂の街で、裏を下りたとこに「和可菜」という松竹の御用宿があって。確か木暮実千代さんの妹さんがやってました。

神楽坂にはね、僕も元手が相当かかってる（笑）。しかもこの元手がね、悔しいことに、その年の作品じゃないと必要経費になんない。何十年後じゃダメなんだ。

そういえば以前ね、『祇《ぎ》園囃子《おんばやし》』（2005年、テレビ朝日系）というのをやったんですよ。

十朱幸代が演じたヒロインが、元・祇園の芸妓だった。

そのとき、石原プロのコマサ（元代表の小林正彦）に、「倉本っちゃん、この取材費は4000万ぐらいかかったろう」って言われた。本当にそれ以上にかかってたよね。祇園と神楽坂には僕、無抵抗だから。

青春時代に同じ屋根の下で暮らした仲間を、理屈抜きで信頼できるっていいじゃないですか。それに、ああいう隠れ家というか、秘密基地みたいな場所って、男はいくつになっても憧れるんじゃないかな。

倉本が、このドラマのシノプシスを書き始めた頃、主要人物は高橋三郎、戸村草平、上月五郎の3人だった。その後の改訂で、広告代理店の赤尾整を加えている。

商社マンの高橋と研究者の戸村と医師の上月でストーリーを考えていたわけだけど、そこに大手広告代理店――電通みたいなものの人間を絡めたくなった。それが赤尾です。広告会社はあらゆることをビジネスにしているし、情報が集まるでしょ？　それに赤尾は3人のように東大出身じゃなくて慶應。彼らの現在の話だけでなく、青春時代も描いていく上で、少し違うタイプの人間がいたほうが、物語も広がると思ったんです。

しかもさらに考えてるうちに、これじゃあ弱いってことに気がついた。主人公たちの年齢が高すぎるんです。過去はともかく、今はもう全員50代だからね。

それで、高橋三郎の娘みどりの恋人、中尾竜一にあらためて目をつけた。

中尾は京大の学生です。友人に中込と服部ってそれぞれとんでもない秀才がいる。こいつらが高橋三郎たちと桁違いの発想で行動するのは、IT社会に育っているからです。こいつらはコンピューター社会の落とし子なんです。高橋たちの思いもつかない発想をする。しかも倫理観がまったく違う。

ドライです。

桁違いにドライです。昔でいえば現代っ子、或いはアプレゲール（戦後派）。さらに言うなら異星人。

こいつらはコンピューターを遊び道具のように使いこなしている。彼らが現在ハマっているのが〝ハッキング〟というとんでもない遊びです。中尾たち三人の京大グループは、ある日恋人みどりの父親である高橋三郎のコンピューターを遊び半分でハッキングし、そこから、とんでもない計画を発見してしまう。それがヒジカタ、デンコー、さらにはアメリカのIT企業までつるんだ食糧革命の大事業マナ・プロジェクトです。彼らはこの秘密計画を、中国・ロシアの東側諸国にひそかに売りこむことを考える。

この発想はね。

実は僕が大学時代に、一人の友人が仲間と組んで、とんでもない新しい企業を立ち上げた、その事業に発想の原点があります。

それは例のリクルートという企業です。

あれはあの当時東大新聞研究会かなんかに集ったある種の秀才集団が、江副浩正を中心に作ったグループの進化系です。

さらにもっと昔、終戦直後の混乱期に東大生の起こした光クラブ事件という事件もあった。東大等の一流大学にはときどきこういう突拍子もないことに頭脳を用いる若者がいるもんです。

で、そういう3人の若者集団を設定し、彼らの犯罪（？）を一方で描くことで若い視聴者を吸引することを考えた。


今の若者の視聴者層、特にドラマをテレビで見るのでなく、パソコンで見る層が増えていることを考えると、そっちのほうが今や大事なお客さんだと考えることもできますからね。

そうです！

思えば高橋三郎たちのドラマは、この物語の中の、いわば前座であって良いんです。序章です。いわば第一章と第二章。起と承の部分に追いやってしまってもかまわんのです。もしかしたら、一章と二章を僕が書き、三章と四章の「転」と「結」を、もっと若い、新しい才能が書いてくれたほうが良いかもしれない。

多分それが正解です。

一つの壮大な物語を、複数の脚本家がリレー形式で書き継いでゆく。もし可能なら、そんなドラマもぜひ見てみたい。

で。三章と四章の展開をどうするか。

中尾竜一たち京大3人組。即ちハッカー集団「ルウィナ」の視点からのドラマに大転換します。

彼らは高校時代から、コンピューター、ゲームソフトのオタクでした。

彼らがハッキングということに興味を持ったのは、他人のコンピューター、いわば他人の脳内に侵入することができるという、アノニマスの発想にヒントを得ています。

他人のパスワードさえ解読できれば他人の脳内に侵入できる。

ではそのパスワードをどうやって解くか。

このきっかけになるのが、中尾竜一の祖父の存在です。

竜一の祖父中尾弘之は元帝国海軍軍令部士官、通信傍受の専門家であり、暗号解読のプロでありました。彼は乱数表解読の天才であり、暗号制作の敵の手の内を読む、いわば心理学の超人であったのです。その弘之の元で育ち、幼い頃からその思考法に触れ、そのDNAを叩きこまれた竜一は、京大に入る以前、高校時代に知り合った中込・服部という2人の学友に、その知識と思考法を伝授し、彼らをその道のエキスパートに育てあげます。

3人はグループを作り、いくつかの実験をくり返すうちに、中尾の恋人みどりの父である高橋三郎のコンピューターに侵入することに成功するのです。

そして商社ヒジカタが企画している〝マナ・プロジェクト〟という壮大な計画の存在を知り、彼ら自身が仰天してしまうのです。

そこで彼らがとる行動ですが、これが極めてユニークです。

彼らは、世界を飢餓から救おうとするマナ・プロジェクトの意義を認めます。

ただし、そのことを社会のために役立たせることより、少数の利益に結びつけようとするヒジカタたちのやり方には反発します。だから彼らはその計画を東側社会にそっと知らせ、同時に巨額の利を得るのです。

その意味で彼ら「ルウィナ」のやった犯罪は極めて純粋であり正義です。

僕はこの物語の結末を、人間の善意で結びたく思っています。

現実をドラマで進化させる

ところで物語は、戸村の研究が軸になっている。これは何かモデルがあったのだろうか。

ありました。中村浩先生という「ウンコ博士」「糞尿博士」といわれた微生物学者がいたんです。１９８０年に亡くなってますけど。

企画書にあった、中村博士は実在の人物だったのだ。

そうです。世界的に有名な学者なんですよ。けっこうファンもいる面白い人で。クロレラっていう藻を研究していて、クロレラと自分の排泄物、ウンコだけで3カ月は食えるっていうことをNASAの科学者に話すんだね。

で、「やってみろよ」と言われて、アリゾナの砂漠の中でテント張って、緑藻、クロレラとウンコだけで3カ月、暮らした。

ただ、中村先生はスピルリナという、30億〜40億年前から地上に存在する螺旋《らせん》状の藻を利用したほうがやりやすいっていうんで、研究対象を移しかけたとこで亡くなっちゃった。

で、そのスピルリナをドラマに持ってきたんだけど、どう辻褄《つじつま》を合わせるのかってことを、ずっと考えてたわけです。

フィクションであるドラマの中で、現実を進化させたことになる。

最終的には、新しい穀物を作っちゃえばいいと気がついた。で、それが最初はグレナだったんですね。グレナというのはラテン語で「穀物」という意味なんです。戸村はグレナというものを、そのスピルリナを使って培養しちゃう、作っちゃう。

それだと、ものすごく大量に新しい穀物が出来るわけですから、麦でも米でもジャガイモでもない新しい主食が出来るわけでしょ？　だから、アフリカを飢餓から救えると。

アフリカの飢餓というのは、あのオードリー・ヘプバーンがね、女優を辞めてエチオピアやソマリアに行って、痩せ衰えた子どもたちを抱っこする映像を、僕は何度も見たのね。すごいなと思った。それで、あのヘプバーンに憧れた形にしようと決めた。

食糧っていうものは、それぞれに適した産地があるわけでしょ？　砂漠の中で、米は作れないとかね。でも、考えてみると、どこでも、ウンコはしてるわけ。ウンコと藻で何か新しいものが出来ないかと思って、ここでニュー・グレナという穀物を創造した。これならアフリカでもどこでも食糧が作れる。

ところがある日ものすごい話に遭遇した。

旧約聖書の出エジプト記にある「マナ」っていう「天使（命）のパン」の話です。

モーゼが虐げられた奴隷状態のイスラエルの民（ユダヤ人）を救うために彼らをつれて約束されたカナンの地へ旅立つ。しかし食料がたちまち尽きちゃう。そのとき神が彼らを救うために天から白い粉を降らせる。これが「マナ」っていう謎の食物です。

それを見つけたとき、これだ！　って思った。そこでそれまでグレナとかニュー・グレナって言ってたものを、「マナ」っていう呼称で呼ぶことにした。で、そのことを、ずっと国内だけで考えてたんだけど、いっそノーベル賞級の人がこの研究を高く評価したらどうなるだろうと考えた。事態が変化するんじゃないかと。それでストーリーに新しい大物を入れたんですよ。

この大物が認めちゃうんですね。拍手するわけですよ。しかも「ただし、これを自分たちで独占しちゃいけない。地球のために使いなさい」と。ところが、彼らは地球のために使わないわけよ。大手商社と大手広告代理店は（笑）。

それをぶち壊していくのが高橋三郎の娘の恋人、中尾竜一という京大の学生。これが実は、今、世界中が追っかけてるハッカー集団なんです。

どうして87歳の倉本が、そういう時代の最先端の動きを取り込めるのか。

取り込めるったって、僕はハッカーも分かんなきゃ、ＩＴだって分かんない。スマホもできないんだからさ（笑）。

アウフヘーベン

倉本はそうやって、昨日までと違うことを今日思いついたりする。それは、絶えず考え続けているからこそ、可能なのだろう。

僕はいつも塾生たちに言ってたんだけど、物事ってのは考えてるとね、逆のほうへ行っちゃう、それでまた元へ戻ってくると。でも、それは下がってるんじゃなくて、螺旋状に少し上がって戻ってるんだと。

これを哲学用語で「アウフヘーベン（止揚）」っていう。「より高い次元の答えを得る」みたいな意味ですね。アウフヘーベンをしながら物事を考えていくと、上がっていくんですよ。だから、今回、『火曜日のオペラ』でやってた作業はまさしくアウフヘーベンなんだ。

『火曜日のオペラ』は荒唐無稽とリアル、その融合のさせ方が実に巧みだ。

僕ね、ドラマでは最初に大ウソをつきなさいって、いつも言ってる。だけど、小ウソはついちゃまずいんだ。スピルリナによるマナは出来たけど、さてマナをどうやって食品として回すのかというときに、世界各国からシェフを研究所に呼んできて、料理させるんだよね。

お好み焼き的な作り方からさ、のばして紐状にしてスパゲッティみたいなものにしてみたり、それから、ただぐちゃぐちゃと潰してマッシュドポテトみたいにして、そこへ別の香料を入れてカレー味の何かを作っちゃうとか。それが今後、何世紀か経つと、そのそれぞれの大陸、国の伝統食糧として育っていくんでしょうね。

これらはまだシナリオに取り入れてないけど、追い追い入れていくつもりです。そうするとまた、ヘンなコックとか、新しくて面白い登場人物が出来てくるかもしれない。

面白いのは、本当に世界的なスケールの話でありながら、決して荒唐無稽にならず、足元をしっかり固めながら、物語を広げていることだ。

途中まで、その足元が固まってなかったんだよね。「あ、これ、穀物を作らないとダメだな」と、穀物ということに思い至ったことが大きい。

でも、ウンコと緑藻のスピルリナで作った穀物というのは、臭そうな感じがするじゃない。まず、臭みをどうやって取るか。においというものの研究をしていると面白くてね。臭みって、香水につながっていくのね。僕らが「この男、臭いな」って思うやつ、いるでしょ？

でも、塾生なんか見てても、そいつが変に女にモテたりするんだ。

それでね、これ何なんだろうってちょっと調べたら、フェロモンなんですよ。でも、僕ら男には嫌なフェロモンなんだよね。ワキガの強い外国人って、僕らは嫌なんだけど、あれがいいっていう外国人女性は、たくさんいる。

ところがね、あれがにおいとしていいってことは、成分をちょっと変えると、いい香りになっちゃうんじゃないかと思って。

で、それをどうするかっていうと、やっぱり世界中の料理人を集めてね、その料理方法を考えないとダメじゃないかという発想をしたわけよ。

日本料理のシェフ、中国料理のシェフ、フレンチのシェフ、イタリアのシェフ、インドネシアのシェフというふうに、シェフの集団を作って、彼らにマナの調理方法を考えてもらう。

ただ、アフリカで一番簡単な方法としては水炊きですよ。まあ、生で食うって方法もあるけど、食えないと食糧にならないから。でも、そのウンコしたのがね、そのへんにあって、そこにそのスピルリナを混ぜると、得も言われぬ香りの、美味《うま》いと言えば美味いのかもしれない、不思議な食感の食物が出来上がって、これがアフリカを飢餓から救う。ということになると、壮大でしょ？（笑）

その辺り、急にアウフヘーベンが進んだよね。「おおっ！」と大きくアウフヘーベンしたり、小さくアウフヘーベンしたりしながら書き進められた。おかげで楽しかったですよ。

創作の「原点」

倉本にとって、今もシナリオを書くこと自体が、最高の楽しみであり、熱中できることなのだと痛感する。では、その「原点」はどこにあるのか。

多分、想像することでしょうね。想像は自由ですから。あのオードリー・ヘプバーンが遊びに来て、今、僕が富良野を案内してるとか。この後、マリリン・モンローがそこのドアから入ってきたら、どうなるんだろうとか。

まあ、僕にとってのミューズ（女神）ですからね、登場人物がちょっと古いんだけどさ（笑）。かなり飛びますよ、僕の想像は。これって眠ってるときの夢じゃなくて、目が覚めてるときの想像です。

実は想像癖っていうのがガキのときからあって、常に想像を巡らせてる。戦時中の空襲のとき、防空壕でさ、怖いわけよ。ズドンズドンって、そこらに爆弾が落ちてくるわけだから。そのとき親父だったか、おふくろだったか、僕に空襲の怖い音なんか聞かないで「別のこと考えなさい」って言ったんだよね。あれが元なのかもしれない。息子を楽にしてあげたいと思ったんだろうな、きっと。

学童疎開のときも、先生に言われた気がする、腹が減ったとか、田舎の子たちが意地悪だとかじゃなくて、他のこと考えろって。たとえば、海で泳いでるときの楽しさ。「お前は昨日まで15メートルしか泳げなかったんだけど、今日はほら、20メートルも泳げた。もうちょっと頑張ると25メートルだ」って。そんなふうにね、ぐっと集中してると、自然に想像が湧いてくる。いわば、あっちの世界に入っていく。

この想像によって別の世界に入っていくってことが、僕の創作の原点なんじゃないだろうか。だから想像と創作は、きっと死ぬまでやめられませんね。


やめないでいただきたい。


ずっと長い間、書斎の机の前に貼ってある紙があるんです。そこには三つの言葉が書いてあって、「人間を。やんちゃに。ボルテージ！」。

いつ書いたのかも忘れちゃったんだけど、手を休めたとき、ふっと目に入ってくる。多分、「人間を書け。やんちゃに書け。高いボルテージで」と自分に向かって言ってるんでしょう。そうありたいと思ってますしね。

あと、もう一つ。自分がずっと信条としていることがあります。それはね、「作品には詩がなくてはならない」ということ。作品の中に、詩と呼べるものが込められているうちは、書き続けるはずです。

ここまで長い時間を割いてくださっただけでなく、新作まで書いていただいたことに、心から感謝したい。

おわりに

この本に収めた倉本との対話は、２０２１年11月から22年5月まで、複数回にわたって行われた。場所は富良野市街から少し離れた、森の中にあるアトリエだ。天井が高い丸太造り。目の前に木々の緑が広がる大きな窓。いつもこの空間には、日常とは少し違う、ゆったりとした時間が流れていた。

最後の対話が終わった後で、一番知りたかったことを訊いてみた。倉本はなぜ、60年以上も書き続けてこられたのか。

「書くというより、創るということをしてるんだろうね。創作という言葉があるじゃないですか。創と作、両方とも、つくるでしょ？　でも、意味が違うんですよ。僕の解釈では、作は知識と金を使って、前例に倣って行うことです。

それに対して、創のほうは前例のないものを、知識じゃなくて知恵によって生み出すことを意味します。この創の仕事をしてるとね、楽しいわけですよ」

倉本の説明は、さらに続いた。

「創るということは生きることだけど、遊んでいないと創れない。同時に、創るということは狂うことでもある。僕の言う遊ぶは、楽しむことだよね。自分が楽しむこと。それから、狂うっていうのは、熱中するってことでしょうね」

創るということは
遊ぶということ。
創るということは
狂うということ。
創るということは
生きるということ。

これが倉本の「三大哲学」であり、「脚本力《きゃくほんりき》」の極意ではないだろうか。とはいえ遊ぶも狂うも、なかなか真似できるものではない。しかし40年におよぶ不肖《ふしょう》の弟子としては、その精神だけでも受け継いでいきたいと思っている。

最後に、何回もの対話に快く応じてくださった、倉本聰先生に感謝いたします。また『北の国から』黒板五郎の言葉』に続いて編集を担当していただいた幻冬舎の菊地朱雅子さん、そして読者の皆さん、ありがとうございました。

２０２２年９月６日
『北の国から　２００２遺言』放送20周年の記念日に

碓井広義

著者略歴

倉本　聰《くらもとそう》

一九三五年東京生まれ。

脚本家・劇作家・演出家。東京大学文学部美学科卒業。

『前略おふくろ様』『北の国から』『昨日、悲別で』『優しい時間』『拝啓、父上様』

『風のガーデン』『やすらぎの郷』など数々のヒットドラマの脚本を手掛ける。

七七年からは富良野を拠点に活動。

碓井広義《うすいひろよし》（聞き手）

一九五五年長野県生まれ。

メディア文化評論家。慶應義塾大学法学部政治学科卒業。

八一年テレビマンユニオンに参加、その後二〇二〇年まで上智大学文学部新聞学科教授。

編著に『倉本聰の言葉　ドラマの中の名言』『『北の国から』黒板五郎の言葉』など。

幻冬舎新書 666

脚本力

二〇二二年九月三十日 第一刷発行

著者 倉本 聰＋碓井広義

発行人 見城 徹
編集人 小木田順子
編集者 菊地朱雅子
発行所 株式会社 幻冬舎
〒一五一―〇〇五一 東京都渋谷区千駄ヶ谷四―九―七
電話 〇三―五四一一―六二一一(編集)
〇三―五四一一―六二二二(営業)
公式HP https://www.gentosha.co.jp/
ブックデザイン 鈴木成一デザイン室
印刷・製本所 中央精版印刷株式会社

Printed in Japan ISBN978-4-344-98667-1 C0295
く-14-1

*この本に関するご意見・ご感想は、左記アンケートフォームからお寄せください。
https://www.gentosha.co.jp/e/

幻冬舎新書

工藤美代子

サザエさんと長谷川町子

国民的マンガ「サザエさん」。15歳で天才少女としてデビュー、72歳で亡くなる5年前まで描き続けた作者・長谷川町子とその家族の巨額の蓄財、愛憎と不和など苛烈な人生の光と闇を描いた評伝。

藤脇邦夫

定年後の韓国ドラマ

国内外のドラマ、映画を５００本以上視聴した著者は「韓国ドラマ」に勝る映像作品はないと断言する。本書ではその魅力を「韓国ドラマベスト50」と共に余すことなく語り尽くす。

小川榮太郎

『永遠の0《ゼロ》』と日本人

特攻とは、あの戦争とは、何だったのか?『永遠の0《ゼロ》』の小説・映画を丹念に読み解き、「戦後」という見せかけの平和の上に安穏と空疎な人生を重ねてきた日本人に覚醒を促す。スリリングな思索の書。

日本映画専門チャンネル編

「踊る大捜査線」は日本映画の何を変えたのか

物語構成、撮り方、宣伝方法、資金調達など、あらゆる面で日本映画の伝統を打ち破った「踊る大捜査線」。「踊る」を知り尽くす一〇〇人の証言から、空前絶後のモンスターヒットの正体が初めて明らかに!

幻冬舎新書

羽根田治

山はおそろしい

必ず生きて帰る！　事故から学ぶ山岳遭難

クマ襲来、落雷直撃、救助ヘリが目の前で墜落、他人の巻き添えで山頂付近から滑落……。山の危険から生還する術を体験者の証言から解説。「それでも登る」と皆が言う山の魅力がわかる一冊。

小谷野敦

川端康成と女たち

高校二年生で『眠れる美女』に衝撃を受けて以来の川端好きの著者が、川端の描く〝女たち〟を軸に10の名作を再読。ポリコレやフェミ視線が文藝にも迫る今、川端作品は名作として生き残れるか。

出口治明

自分の頭で考える日本の論点

「経済成長は必要か」「民主主義は優れた制度か」等、専門家の間でも意見が分かれる22の論点について、著者ならどう判断するかを解説。生きるのに役立つ知識が身につき、本物の思考力も鍛えられる一冊。

中川右介

萩尾望都と竹宮惠子

大泉サロンの少女マンガ革命

少女マンガの変革を目指し、マンガ家のタマゴたちが集った伝説の「大泉サロン」。支柱の天才二人が、少年愛やＳＦ分野で衝撃作を次々生み出した軌跡を追う。その苦悩と友情、瓦解のドラマ。